Kurt Lehmkuhl: Spritzen für die Ewigkeit

AF175967

FSC
www.fsc.org

MIX

Papier aus ver-
antwortungsvollen
Quellen
Paper from
responsible sources

FSC® C105338

Kurt Lehmkuhl

Tödliche Spritzen

Kriminalroman

Bibliografische Information der Deutschen Nationalbibliothek: Die Deutsche National-bibliothek verzeichnet diese Publikation in der Deutschen Nationalbibliografie; detaillierte bibliografische Daten sind im Internet über www.dnb.de abrufbar.

Das ist ein Roman. Handlungen und Personen sind frei erfunden. Ähnlichkeiten mit lebenden oder verstorbenen Personen sind rein zufällig.

Dieser Roman wurde 1998 unter dem Titel „Spritzen für die Ewigkeit" im Meyer & Meyer Verlag, Aachen veröffentlicht. Der Abdruck erfolgt mit freundlicher Genehmigung des Gmeiner-Verlags, Meßkirch. Er veröffentlicht diesen Roman in seiner Reihe „E-Book only" ISBN 978-3-7349-9394-7

Text: © by Kurt Lehmkuhl
Cover: © by Kurt Lehmkuhl
©2020

Herstellung und Verlag: BoD – Books on Demand, Norderstedt.
ISBN 9783751969260

Das Traumpaar

Bahn hatte geglaubt, ihn könne längst nichts mehr erschüttern auf dieser Welt. Dazu hatte er schon zu viel Not und Elend, Leid und Tod in seinem Leben gesehen und dokumentiert. Doch das Motiv, das er jetzt im Blickfeld seiner Kamera fixierte, jagte dem routinierten Journalisten einen eisigen Schauer nach dem anderen über den Rücken.

Unterhalb der ehemaligen, längst nicht mehr funktionsfähigen Eisenbahnbrücke zwischen Norddüren und Birkesdorf über die Rur baumelten zwei Leichen, knapp einen Meter über dem langsam dahinfließenden Fluss. Gemeinsam hatten die beiden Menschen, ein Mann und eine Frau, ihre Leben beendet. An beiden Enden eines dünnen Seiles, das sie um die Stangen des Geländers gewunden hatten, hatten sie die Schlingen geknüpft, die sie sich um den Hals legten. Gemeinsam mussten sie von der Brücke, die nur über Gehwege zu erreichen war, gesprungen sein, vielleicht Hand in Hand, vielleicht aber der eine auch gezwungenermaßen, weil ihn der andere in den Tod mitriss, vielleicht hatte einer noch gekämpft, war aber dem anderen ausgeliefert und wurde vom Gewicht des anderen mitgezogen. So konnte, so musste sich diese menschliche Tragödie abgespielt haben.

‚Scheiß Vermutungen', fluchte Bahn während seiner Suche nach immer neuen Plätzen auf den rutschigen Steinen an der Wasseroberfläche. Die beiden Menschen hingen da nebeneinander in der Luft, waren unzweifelhaft tot, eine Obduktion würde ergeben, wann sie gestorben waren, und könnte eventuell auch Anhaltspunkte dafür geben, warum es zu diesem doppelten Todesfall gekommen war. ‚Was sollte er sich darüber Gedanken machen?', fragte er sich.

Bahn blickte um sich. Es waren nicht viele Menschen zugegen, etliche Polizisten, ein Notarzt, Sanitäter, einige Feuerwehrleute, die allesamt auf den Staatsanwalt und den Leichenwagen warteten.

Nur die Kollegen von den anderen Tageszeitungen in Düren, die vermisste Bahn. Wahrscheinlich waren sie im Gegensatz zu ihm nicht informiert worden. Da hatte sich einmal mehr gezeigt, dass sein langjähriger Informant Gottfried Jansen, der ihn vor einer knappen Stunde aus dem Schlaf geholt hatte, sein Geld wert war.

Bei aller menschlichen Tragödie übersah Bahn eines nicht: Er war der einzige Journalist vor Ort, seine Zeitung könnte als einzige authentisch vom Ort des Geschehens berichten, was er durchaus mit Zufriedenheit registrierte.

Helmut Bahn, trotz seines Alters von knapp 35 Jahren schon langjähriger Redakteur beim Dürener Tageblatt mit mehr als einem Dutzend Dienstjahren auf dem Buckel, tat sich schwer bei seiner unangenehmen Arbeit an der Rur. Dass jemand auf diese Art aus dem Leben scheiden musste, hatte er noch nicht erlebt.

Er hatte letztlich keine Skrupel, nachdem er sich an den Anblick des toten Paares gewöhnt hatte, die Leichen aus verschiedenen Perspektiven abzulichten; er würde allenfalls Skrupel haben, wenn ihn jemand verpflichten sollte, ein Foto in der Zeitung zu veröffentlichen.

Aber darüber würde er später vielleicht diskutieren müssen. Im Moment stand er, kurz vor acht, an diesem diesigen Oktobermorgen an der Rur und fotografierte das tote Paar, das leicht im Wind hin und her pendelte.

Ein Jogger, der bei seinem Frühsport am Morgen auf dem Weg von Mariaweiler nach Düren an der Rur entlang gelaufen war, hatte die baumelnden Leichen entdeckt und die Polizei alarmiert. Nun stand der Mann zitternd und schimpfend neben dem Rettungswagen am Ufer, notdürftig von einer Decke des Roten Kreuzes umhüllt, mit einer Tasse dampfenden Kaffee in der Hand. Er müsse gehen, hatte er mehrfach betont, bei der Isola warte man auf ihn.

Doch hielten ihn die Ordnungshüter zurück. Sie könnten darüber nicht entscheiden, er müsse auf die Kollegen der Kripo warten, hatten sie ihm lapidar zu verstehen gegeben.

„Das nächste Mal kann hier hängen, wer will, ich rufe nicht mehr an", fluchte der Jogger, als Bahn ihn ansprach. Er bekäme Ärger im Betrieb, weil die Polizei nicht auf die Füße komme. Mitleid oder Anteilnahme schienen dem knapp 50-jährigen Mann fremd. „Wenn die unbedingt sterben wollen, bitte schön, das ist doch deren Bier."

Bahn verkniff sich dazu einem Kommentar. Er war froh, dass er überhaupt mit dem Augenzeugen sprechen konnte, der ihm bereitwillig seinen Namen genannt hatte und als Erstes wissen wollte: „Komme ich auch in die Zeitung?"

Aber Unerwartetes oder Ungewöhnliches hatte ihm der Jogger nicht sagen können. Vielmehr fragte er Bahn, ob er die beiden Toten kenne. Er jedenfalls kannte sie nicht, nachdem er die Leichen noch einmal intensiv beobachtet hatte.

Diese Frage konnte ihm jedoch der Journalist nicht beantworten.

Die Polizisten ließen Bahn am Tatort unbeaufsichtigt arbeiten. Sie vertrauten ihm und hatten durch die langjährige Zusammenarbeit durchaus ihre Vorteile aus Bahns Tätigkeit erlangt. Er weigerte sich nie, der Polizei seine Negative zur Verfügung zu stellen. Bei Unfällen, aber auch bei Kapitalverbrechen machte Bahn stets bereitwillig und kostenlos die Fotos für die Polizei, sie ließen ihm im Gegenzug freie

Hand bei seiner Arbeit, wobei er stets darauf bedacht war, den Polizisten nicht im Wege zu sein.

„Na, mein Freund, alles im Kasten?" Bahn spürte, wie sich eine Hand auf seine Schulter gelegt hatte. Erfreut drehte er sich um und sah Kriminalhauptkommissar Küpper ins Gesicht, der sich unbemerkt an ihn herangeschlichen hatte.

Küpper, der wegen seines stets betrübten Blicks von Kollegen und Bekannten nur als Bernhardiner bezeichnet wurde, streckte Bahn die Hand zum Gruße entgegen. „Das wäre ja auch ein Wunder, wenn ich dich hier nicht getroffen hätte," meinte der knapp 50-jährige Leiter des Morddezernats, der für Bahn ein väterlicher Freund geworden war.

Nicht zuletzt die Verbrechen der letzten beiden Jahre, die sie gemeinsam aufklären konnten, hatte ihre Freundschaft begründet und vertieft. Doch hielten die beiden Männer sich damit in der Öffentlichkeit zurück, da siezten sie sich, in Gegenwart von Kollegen wurde Bahn von Küpper genauso behandelt wie die anderen Journalisten in Düren. Unter vier Augen jedoch sprachen sie offen über die kriminellen Geschehnisse, die ihnen und vornehmlich dem Kommissar das Leben schwer machten.

„Gehst du etwa von Mord aus oder warum bist du hier?", fragte Bahn statt einer Begrüßung, während er kräftig Küppers Hand schüttelte.

„Jedenfalls ist es ein gewaltsamer Tod", gab der Kommissar ausweichend zur Antwort, während er die Leichen betrachtete. Er hatte sich tief in seinen Mantel eingegraben, als würde er frieren. „Oder glaubst du etwa, dass das da ein normaler Abgang aus dem Leben ist?"

‚Was hätte er auch anders sagen können?', dachte sich Bahn und schwieg. Er spulte den belichteten Film in die Hülse zurück und schob sie in eine Tasche seiner kurzen Lederjacke. Er nestelte nach einem frischen Schwarzweißfilm, den er in die Nikon einlegte. „Wenn du bestimmte Motive haben willst, musst du es mir sagen", bot er Küpper an.

Doch der winkte dankend ab. „Die Porträtfotos können die bei der Obduktion machen." Er lächelte schwach. „Willst du etwa dabei sein?"

Ablehnend hob Bahn die Hände. Das brauche nicht unbedingt zu sein, meinte er. Aber er hatte auf Anhieb verstanden, was der Bernhardiner gemeint hatte.

Schnaufend hatte sich Küppers Assistent, der fette Kommissar Wenzel genähert, der stets für die Kripo bei Obduktionen dabei sein musste. Wenzel mochte Bahn nicht und funkelte ihn böse an. Er möge verschwinden, raunzte der nicht einmal 30-jährige Kommissar ihn auch diesmal an, wie immer an den Tatorten, wenn sie sich begegneten. Bahn würde nur die Arbeit der Polizei behindern.

Der Journalist gab nicht viel auf dieses Geschimpfe, er hörte einfach nicht hin. „Worauf warten Sie eigentlich noch, Herr Küpper?", fragte er stattdessen den Kommissar. Er hatte beobachtet, dass alle tatenlos herumstanden.

„Wir warten auf die Entscheidung des Staatsanwaltes", antwortete der Bernhardiner. „Er hat noch nicht entschieden, ob wir die Leichen nach oben auf die Brücke ziehen oder ob wir die Stricke durchtrennen sollen."

Die Antwort behagte Bahn nicht, er merkte, wie sich sein Magen verkrampfte. ‚Das kann ja noch heiter werden', dachte er sich und wartete ab.

Erst eine halbe Stunde später fuhren Mitglieder der Dürener Berufsfeuerwehr mit einem großen Schlauchboot unter die Brücke und packten die Leichen an den Beinen, während ein Kollege den Strang durchtrennte. Schnell wurden die beiden leblosen Körper in Zinksärge gepackt und in zwei Leichenwagen fortgebracht.

Der Staatsanwalt, ein Mann in Bahns Alter, kam zielstrebig auf Küpper und Wenzel zu und forderte den jungen Kommissar feixend auf, ins Krankenhaus zu fahren. „Sie wissen schon, Herr Wenzel, ohne Sie fängt die Obduktion nicht an!"

Fluchend wandte sich Wenzel ab.

Der Staatsanwalt grinste Bahn an und meinte nur: „Was weißt du wieder, was ich noch nicht weiß?"

Küpper schaute irritiert auf die beiden. Staatsanwalt Banken war gerade erst einen Monat im Dürener Bereich tätig und schon schienen er und Bahn ein Herz und eine Seele.

„Sie können es nicht wissen, Herr Kommissar", klärte ihn Bahn auf, „der Staatsanwalt ist bald mein angeheirateter Vetter."

Er sah den Staatsanwalt an: „Friedrich, wenn du was wissen willst, musst du die Kripo fragen. Du weißt doch, dass die Presse in Düren von denen nie etwas erfährt. Und was ich privat weiß, das sage ich dir auch nur privat." Er streckte den beiden Ermittlern die Hand zum Abschiedsgruß hin.

Banken schmunzelte. „Na, dann eben nicht. Grüße Gisela von mir", rief er Bahn nach, der sich auf den Weg gemacht hatte, das Gelände zu verlassen.

Schleunigst fuhr Bahn nach Düren hinein. Wenn er sich beeilte, konnte er noch einen günstigen, wenn auch unerlaubten Parkplatz in der Nähe der Redaktion erwischen. Vor halb neun war in aller Regel in der Innenstadt in Bereichen mit einem eingeschränkten Halteverbot noch ein Plätzchen zu finden. Und Bahn konnte unbesorgt seinen Wagen dort abstellen, ohne befürchten zu müssen, dass er ein Protokoll kassieren könnte. Seine guten Beziehungen zur Polizei und zu den Politessen brachten es zwangsläufig mit sich, dass sie bei ihm ein Auge zudrückten.

Er hatte seinen gebrauchten Ford Escort Turnier, den er nach dem Totalschaden an seinem Traum-Porsche auf Wunsch von Gisela gekauft hatte, gerade verschlossen, als er auch schon von Fritz Waldhausen, Lokalchef beim Dürener Tageblatt und inzwischen sein bester Freund neben Küpper, angesprochen wurde, der ebenfalls auf dem Weg in die Redaktion an der Pletzergasse war. Bahn hatte sich schnell mit Waldhausen, der ein Jahr jünger war als er, arrangiert, als dieser die Redaktionsleitung übernahm.

Waldhausen hatte Bahn, wie auch die anderen Kollegen, bei der Arbeit gewähren lassen, ihnen keine Themen vorgegeben, sondern ihnen die eigenen Ideen belassen. Das hatte sich positiv aufs Arbeitsklima ausgewirkt und eine bis dahin in der Redaktion nicht gekannte Harmonie geschaffen.

„Helmut, was machst du denn hier?", fragte ihn Waldhausen erstaunt. „Ich denke, du hast heute deinen freien Tag?"

Verflucht, erinnerte sich Bahn blitzartig, heute hätte er doch gar nicht arbeiten müssen. Nach dem letzten Sonntagsdienst stand ihm ein freier Tag zu, den er heute hatte nehmen wollen. Daran hatte er mit keiner Silbe mehr gedacht, als gegen sieben das Telefon geklingelt hatte und er schnell aus dem Bett gesprungen war, um Gisela nicht zu wecken. Als ihn dann Jansen auch noch über den mysteriösen Todesfall an der Rurbrücke informiert hatte, hatte es für Bahn ohnehin kein Halten mehr gegeben. „Da konnte ich doch nicht einfach liegen bleiben", meinte er zu Waldhausen, der ihm lachend die Tür zur Redaktion aufhielt. „Oder wie hättest du reagiert?"

„Wie schon?", antwortete Waldhausen mit einer Gegenfrage. „Ich wäre natürlich auch losgefahren." Er stoppte kurz. „Aber du hättest mich ja auch anrufen können."

Waldhausen wusste, dass Bahn dieses Angebot niemals angenommen hätte. Dafür hatte der Freund zu viel Druckerschwärze in den Adern. Der würde nie eine Geschichte abgeben, wenn sie heiß war. Und Waldhausen war nicht anders. Er hätte auch alles stehen und liegen gelassen, wenn es um die Zeitung gegangen wäre.

„Wo hätte ich dich denn anrufen sollen?", fragte Bahn und grinste spitzbübisch. „Bei dir oder wo?"

„Ist ja gut", wiegelte Waldhausen schnell ab. Er wollte es nicht unbedingt an die große Glocke hängen, dass er in der letzten Zeit mehr bei Thea als in seiner eigenen Wohnung weilte. Und offiziell brauchte auch Bahn das nicht zu wissen.

Aber der Freund wusste es längst. ‚So blauäugig sind wir doch beide nicht', dachte er vergnügt. Er hielt es jedoch für angebracht, nicht darüber zu reden. Schließlich waren Gisela und Thea ebenfalls miteinander befreundet, und Gisela hielt Bahn ständig auf dem Laufenden.

Die beiden Journalisten kamen nicht einmal dazu, es sich an ihren Schreibtischen bequem zu machen, da war auch schon Fräulein Dagmar, langjährige, aber auch vorwitzige Redaktionssekretärin beim Tageblatt, herangesprungen. „Na, ihr beiden Hübschen, habt ihr eure Frauen wieder im Stich gelassen", frotzelte sie, und beide bekamen prompt ein schlechtes Gewissen.

Waldhausen fiel es siedendheiß ein, dass er noch Theas Sohn, Konrad junior, von den Großeltern abholen und zum Kindergarten bringen sollte, was er gedankenversunken vergessen hatte, als er leise aus der Wohnung in Birkesdorf geschlichen war, ohne Thea zu wecken.

Bahn schlug sich stöhnend die Hände vors Gesicht. Er hatte seiner Dauerfreundin Gisela versprochen, sich mit ihr an seinem freien Tag auf die Suche nach einem Brautkleid zu machen. Daraus würde nichts werden. Erst mussten der Film entwickelt, die Bilder abgezogen und die Berichte für den Lokalteil und den überregionalen Teil geschrieben werden; ohne ein Bild von den Toten, wie Waldhausen zu Bahns Erleichterung ohne Diskussion entschieden hatte.

„Ihr seid schon ein Traumpaar", stichelte Fräulein Dagmar ungeniert und die beiden Freunde schwiegen. Ob die Redaktionssekretärin damit die beiden, Thea und Waldhausen oder Gisela und Bahn meinte, ließ sie bewusst offen. Aber für die altgediente Frau, die schon so viele Journalisten in der

Redaktion hatte kommen und gehen gesehen, war es klar. Bahn und Gisela, beide schlank, groß und blond, sowie die zierliche Thea und der drahtige Waldhausen, die passten wirklich zusammen. Und sie würde als Mutter der Kompanie schon dafür sorgen, dass da zusammenkam, was da zusammengehört.

Fast minütlich rechneten Waldhausen und Bahn mit einem Telefonanruf ihrer Partnerinnen, doch die blieben aus.

„Die haben sich längst zusammengetan und sind ohne euch unterwegs", meinte die Redaktionsekretärin mit all ihrer zwischenmenschlichen Erfahrung nur, nachdem sie die nervösen Reaktionen der beiden auf das Klingeln der Telefone eine Zeitlang beobachtet hatte. „Frauen kommen ohne Männer viel besser aus als ihr denkt", sagte sie süffisant, als sie Bahn eine Tasse Kaffee nachkippte und Waldhausen hartnäckig einen Zehnmarkschein für die fast leere Kaffeekasse entlockte.

Mehrfach hatte Bahn im Laufe des Tages versucht, Küpper oder Banken zu erreichen, doch wurde er in deren Büros immer wieder vertröstet. Sie würden zurückrufen, wurde ihm versichert, aber aus den Rückrufen wurde nichts.

Stattdessen gab es am Nachmittag per Fax eine Einladung zu einer gemeinsamen Pressekonferenz von

Staatsanwaltschaft und Kriminalpolizei, was Bahn die Zornesröte ins Gesicht trieb.

„Es ist immer dasselbe mit dem Sauhaufen", schimpfte er, als er Waldhausen das Fax auf den Schreibtisch knallte, „da haben wir als einzige eine tolle Geschichte und die Trantüten laden die gesamte Dürener Journaille ein."

Damit war die Exklusivität vorbei, damit würden alle Zeitungen und Rundfunksender berichten.

Waldhausen konnte die Verärgerung von Bahn mitfühlen, aber er versuchte, ruhig zu bleiben. „Denen ist verständlicherweise daran gelegen, die Geschichte einer breiten Öffentlichkeit publik zu machen." Was er damit meinte, sagte er nicht. Er blickte nur zum Fenster hinaus auf die andere Straßenseite der Pletzergasse, dorthin, wo die Dürener Zeitung ihre Redaktion hatte: Das Dürener Tageblatt war nur ein Presseorgan in Düren, und nicht einmal die größte Tageszeitung neben der Dürener Zeitung und den Dürener Nachrichten. Und nur mit einer Berichterstattung in allen Blättern konnten die Ermittlungsbehörden ausführlich und flächendeckend informieren.

„Ich begleite dich", schlug Waldhausen vor, „lass' uns gehen." Er hatte es eilig, und Bahn verstand auch den Grund für Waldhausens Eile.

Thea, die am Nachmittag den Sekretärinnenstuhl von Fräulein Dagmar übernommen hatte, war bei ihrem Dienstantritt nicht gerade sehr gesprächig

17

gewesen und lief mit versteinerter Miene durch die Räume. Sie hatte offenbar kein Verlangen, dass Waldhausen ihr zu nahe kam.

„Ich habe Gisela beruhigt", sagte sie nur zu Bahn. „Du seiest halt wie Konrad, habe ich ihr gesagt."

Konrad Schramm, das war ihr Mann und Bahns Freund gewesen, der vor einigen Jahren unter mysteriösen Umständen ums Leben gekommen war. Und Konrad war wie Bahn jemand gewesen, für den es zuerst die Zeitung gab und dann die Zeitung und dann wieder nur die Zeitung.

„Wer so einen Typen heiraten will, muss das notgedrungen akzeptieren", sagte sie und schaute wütend über den Flur in Richtung von Waldhausens Zimmer.

Bahn war gespannt, was Banken und Küpper sagen würden. Im Sitzungssaal in der Polizeiinspektion an der Aachener Straße hatten sich schon die Kollegen der anderen Medien versammelt, als er mit Waldhausen eintrat. Er war froh, als er Lars Krupp entdeckte, den Mitarbeiter der Dürener Zeitung, der ihm zuwinkte.

Er habe für das Tageblatt zwei Plätze freigehalten. „Ihr kommt doch sowieso immer als Traumpaar, du und Waldhausen", grinste er Bahn frech an. Anders als Bahn hatte Krupp keine Probleme mit der Konkurrenzsituation. Er konnte es sich leisten, großzügig zu sein, immerhin war die DZ das größte Presseorgan an der Rur.

„Halt die Klappe", brummte Bahn. Er setzte sich verärgert neben den jungen Mann und langte nach der letzten Flasche Mineralwasser, die noch verschlossen auf dem Konferenztisch stand.

„Weißt du, was die von uns wollen?", fragte ihn der DZ-Mann.

„Selbstverständlich", antwortete Bahn lässig. „Ich habe für die doch die Bilder gemacht." Das schien zu sitzen, denn Krupp schaute ihn mit offenem Mund verblüfft an.

Bahns Verblüffung war nicht weniger groß, als ein ihm unbekannter, junger Staatsanwalt und ein Kollege von Kommissar Küpper den Saal betraten, woraufhin sämtliche Gespräche zwischen den Journalisten verstummten.

Der Staatsanwalt hielt sich nicht lange an einer Vorrede auf. Jetzt sei es auch in Düren so weit, beklagte er, jetzt würde es auch hier Übergriffe auf ausländische Mitbürger geben.

Bahn schüttelte sich. „Was soll das?", fragte er Waldhausen flüsternd, der mit einem Schulterzucken antwortete und sich dann auf den Staatsanwalt konzentrierte.

„Heute in der Früh, gegen fünf Uhr 30, wurden Brandsätze in ein Wohnheim an der Girbelsrather

Straße geschleudert, in dem die Dürener Stadtverwaltung Asylbewerber untergebracht hat", erläuterte der Staatsanwalt betrübt.

Stumm und kopfschüttelnd schrieben die Journalisten mit, nur Bahn nicht. In seinem Kopf schwirrten verschiedene Gedanken herum. Er verstand nicht, was das mit den Toten von der Rurbrücke zu tun hatte.

„Menschen kamen gottlob nicht zu Schaden", hörte Bahn aus der Ferne die Stimme des Staatsanwaltes.

„Bewohner des Hauses haben das Klirren der Fensterscheibe gehört, als die Unbekannten den Brandsatz in ein Wohnzimmer warfen." Sie hätten richtig reagiert und den Brandsatz gelöscht.

„Worin bestand denn dieser Brandsatz?", wollte Krupp wissen.

Doch wollte der Staatsanwalt auf die Frage nicht antworten. „Dann haben wir morgen Nachahmungstäter, die auf die gleiche Weise vorgehen wollen", gab er zur Erwiderung, die niemanden befriedigte.

Ob es Hinweise auf mögliche Täter gebe, fragte ein Redakteur der Nachrichten. Auch bei dieser Frage blieb der Staatsanwalt sehr vage. Dazu könne er nichts sagen. Es sei ja am frühen Morgen gewesen.

Waldhausen wurde es zu bunt. „Ist die Straße, an der das Wohnheim liegt, viel befahren? Wenn nein, haben die Anwohner, die ja nach Ihrer Mitteilung wach waren, einen Wagen gehört, wenn ja, warum haben andere Autofahrer nichts mitbekommen? Oder wurde der Brandsatz etwa nicht von einem Auto aus, sondern von einem Fußgänger geworfen?"

Das seien zu viele Fragen auf einmal, ließ sich der Kriminalpolizist vernehmen, der für den verunsicherten Staatsanwalt in die Bresche sprang. Es stimme, es herrsche zu dieser Zeit wenig Verkehr auf dieser Nebenstraße der Kölner Landstraße. Auch habe es den Anschein, als sei der Brandsatz aus einem Wagen geworfen worden.

„Diesel oder Benziner?", fragte Waldhausen schnell dazwischen. Er sah den Kommissar mit einem strengen Blick an.

Das wisse man nicht, antwortete der Polizist, das habe bei der Vernehmung der Zeugen noch nicht geklärt werden können.

Waldhausen schüttelte ungehalten den Kopf, wodurch er die Aufmerksamkeit des Staatsanwaltes auf sich zog.

„Was bezwecken Sie mit dieser Frage?", wollte er unruhig wissen.

Waldhausen musterte ihn spöttisch. „Haben Sie mal nach Parallelen zu anderen Anschlägen gesucht?"

„Natürlich", war die schnelle Antwort des Staatsanwaltes, „aber wir haben Ihnen ja gesagt, es ist das erste Mal in Düren, dass wir uns mit einem Brandanschlag auf ein Heim für Asylbewerber beschäftigen müssen."

„Und was ist mit Erkelenz?"

„Wie bitte? Ich verstehe Sie nicht?", antwortete der Staatsanwalt verblüfft.

„Mein Kollege Waldhausen will von Ihnen wissen, ob es sich bei dem Anschlag eventuell um denselben Täterkreis handelt, der vor einigen Monaten Benzinbomben auf ein Asylbewerberheim in Erkelenz-Neuhaus geworfen hat", mischte sich Krupp ein. Er lächelte Waldhausen an, der ihm nickend zu verstehen gab, dass er tatsächlich darauf habe anspielen wollen.

Bereitwillig überließ Waldhausen dem DZ-Kollegen das Gespräch.

Krupp verfügte zwangsläufig über mehr Informationen aus der Aachener Region als die Kollegen des Tageblatts. Anders als das Dürener Tageblatt, das seine Zentrale in Köln hatte, war die Dürener Zeitung eine der Lokalausgaben der Aachener Zeitung, die auch in Erkelenz mit einer Lokalredaktion präsent war.

„Dort sind innerhalb von zwei Monaten vier Brandsätze geflogen", berichtete Krupp.

Dazu könne er beim besten Willen nichts sagen, meinte der Staatsanwalt, diese Fälle seien ihm nicht bekannt. Dafür sei er im Übrigen auch nicht zuständig, da dort die Staatsanwaltschaft Mönchengladbach Ermittlungsbehörde sei.

Ob es denn vermessen wäre, die Staatsanwaltschaft mit Sitz in Aachen zu bitten, in Mönchengladbach nachzufragen und dann die Frage von Waldhausen zu beantworten, stöhnte Krupp. Es könne einem Täter offensichtlich nichts Besseres passieren, als ständig die Zuständigkeitsbereiche der Staatsanwaltschaften zu wechseln, stichelte er.

„Wir werden nachfragen", versicherte Kommissar Küpper, der unbeachtet in den Saal getreten war und sofort gespürt hatte, wie sich das Diskussionsklima verschlechterte. Beruhigend hatte der Bernhardiner dem Staatsanwalt, der rot angelaufen war und der zornig mit den Fingern auf der Tischplatte trommelte, die Hände auf die Schultern gelegt. „Wir werden nachfragen und werden Ihnen selbstverständlich sofort mitteilen, wenn es sich um dieselbe Tätergruppe handeln sollte."

Bahn musste grinsen. Küpper hatte viel von ihm und Waldhausen gelernt. Sie hatten oft genug mit ihm beim abendlichen Kneipenbummel fiktive Pressekonferenzen durchgespielt, ihn in die Enge getrieben und ihm Schlupflöcher gezeigt. Inzwischen hatte es der Kommissar im Gespür, wie er mit den Journalisten umgehen musste, und die Journalisten hatten in den letzten Monaten gemerkt, dass Küpper offen und ehrlich mit ihnen umging; zumindest in den Fällen, die von allen behandelt wurden.

Dass er daneben mit Bahn sein eigenes Spiel spielte, das ging niemanden etwas an.

„Uns kommt es darauf an, die Öffentlichkeit zu informieren", fuhr Küpper fort, der immer noch seine Hände auf den Schultern des jungen Staatsanwaltes liegen hatte, wie Bahn erstaunt beobachtete. „Wie der Staatsanwalt Ihnen sagte, gibt es noch zu wenig Anhaltspunkte. Wir möchten Sie, und damit die Bevölkerung informieren und Sie, und damit die Bevölkerung darum bitten, die Augen offen zu halten und uns über verdächtige Beobachtungen zu unterrichten." Die Telefonnummern der Dürener Polizei seien bekannt. Küpper gab seinem Kollegen einen Fingerzeig.

„Wir haben übrigens Bilder vom Tatort machen lassen, damit Sie sehen, welches Ausmaß der Brandanschlag hatte. Auch gibt es Bilder vom Gebäude."
Küppers Kollege war aufgestanden und überreichte an die Journalistenschar braune Briefumschläge.
„Das wär's für heute. Oder gibt es noch Fragen?", meinte der Bernhardiner mit einem langen Blick auf die Armbanduhr, womit er den gewünschten Erfolg erzielte. Die Journalisten schauten ebenfalls nach der Zeit und hatten es auf einmal sehr eilig, in die Redaktionen zurückzukehren.

Lediglich Waldhausen und Bahn ließen es gemächlich angehen. Bahn war erleichtert, dass niemand auf die Toten von der Rur zu sprechen gekommen war, Waldhausen war zufrieden, noch eine zweite Geschichte für die Seite eins zu haben. Sie warteten ab, bis die Kollegen der anderen Blätter und der Radiosender im Aufzug verschwunden waren, dann gingen sie durchs Treppenhaus und dem Flur in

Küppers Büro, zum „Familientreffen", wie der Kommissar ihre internen Gespräche scherzhaft nannte.

Er wartete am Besuchertisch auf die beiden Journalisten und hatte den Kaffee schon bereitgestellt. „Bevor Sie mich danach fragen, sage ich es Ihnen freiwillig, der junge Staatsanwalt heißt Norbert Küpper und ist der Sohn meines Bruders", erklärte er schmunzelnd. Sein Neffe sei gemeinsam mit Banken vor wenigen Wochen von der Staatsanwaltschaft Aachen für den Dienst in Düren abkommandiert worden.

Damit war der Kommissar tatsächlich der Frage von Bahn zuvorgekommen. Das wird bald zum Familienbetrieb dachte Bahn vergnügt, zuerst mein Vetter, dann sein Neffe. „Was machen unsere Toten von heute Morgen?", fragte er.

„Die sind immer noch tot!", antwortete Küpper lakonisch, und Bahn erkannte die Hilflosigkeit und Unwissenheit des Kommissars. „Ich habe noch keine Obduktionsergebnisse. Wir wissen nur, dass die beiden ein Paar waren. Beide trugen Freundschafts- oder Verlobungsringe, in denen ein Datum und beider Vornamen eingraviert sind. Sie heißen Rita und Rolf und sind wohl seit mehr als drei Jahren zusammen. Sie sind Anfang bis Mitte zwanzig." Küpper lächelte gequält. „Die waren schon fast ein Traumpaar, bis dass der Tod sie schied." Das stehe aber nicht im Pressebericht der Polizei, fügte er rasch hinzu. „Wir haben nur den Fund der beiden strangulierten Menschen und den Einsatz der Rettungskräfte gemeldet."

Fast schlagartig wechselte der Kommissar das Thema. „Haben Sie die Bilder dabei?", fragte er Bahn, der nickend aus seiner Lederjacke einen Umschlag zog.

„Das ist verschenkt", grummelte der Journalist bei der Übergabe. „Sie bekommen von mir eine Leistung und ich, ich bekomme nichts." Die wenigen Informationen seien kein Gegenwert für diese Fotos. Da müsse wirklich noch mehr herausspringen, forderte er.

Doch ging Küpper nicht darauf ein. Er betrachte intensiv die Abzüge und meinte dann: „Wirklich ein Traumpaar."

„Das ist natürlich Mist", sagte Bahn ungehalten, als er mit Waldhausen zurück zur Redaktion ging. „Wir wissen nichts über die Toten und müssen trotzdem etwas schreiben, und morgen sind dann alle auf dem gleichen Stand wie wir."

„Aber wenigstens morgen früh haben wir als einzige Zeitung in Düren die Neuigkeit mit den Ringen", tröstete ihn sein Chef, „das ist wenigstens etwas, und wie ich dich kenne, mein Freund, kriegst du bei deinen Beziehungen auch noch mehr heraus."

Sie hatten kaum die Redaktion betreten, da meldete sich Thea laut bei Waldhausen. „Walter hat zu einer Pressekonferenz eingeladen, in zehn Minuten im Rathaus."

Das hat gerade noch gefehlt, stöhnte Waldhausen. „Was will er denn?"

Aber Thea hatte sich schon wieder abgewendet. „Keine Ahnung, da musst du ihn schon selbst fragen."

Waldhausen musste sich bremsen. Schon mehr als einmal hatte er allen Mitarbeitern eingetrichtert, sie sollten es nicht bei einer einfachen Einladung belassen, sondern auch nach dem Thema fragen. Üblicherweise hielt sich Thea auch gewissenhaft an diese Vorgabe.

Gerade bei Bürgermeister Walter Walter war besondere Vorsicht angesagt. Der machte für den kleinsten Verwaltungsakt eine PK und wenn es nur darum ging, zu erklären, beim nächsten Spatenstich würde er statt des silbernen seinen goldenen Spaten nehmen.

Aber heute schien sich Thea nicht sonderlich für die Arbeit zu interessieren, sie schluderte, was Waldhausen ihr zornig sagen wollte.

Bahn hielt ihn zurück. „Die ist sauer auf dich und will dich nur provozieren."

„Frauen!", grunzte Waldhausen, der sich einen Block und einen Stift nahm und zum Rathaus ging.

Bahn konnte sich ein Schmunzeln nicht verkneifen: ‚Warum soll nur ich Probleme mit der Liebsten haben?', fragte er sich. Er wollte zum Telefon greifen und Gisela anrufen, aber Thea kam ihm zuvor.

„Jansen will dich sprechen. Ich stelle durch."

Bahn wusste, was jetzt kam.

„Hier ist der liebe Gottfried", würde sein Informant gleich ins Telefon flöten und ihn danach fragen, was aus der Geschichte vom Morgen geworden ist.

„Was soll schon gewesen sein?" Bahn gab sich gelangweilt. „Da haben zwei keine Lust mehr gehabt und sind zum kollektiven Selbstmord angetreten."

Jansen war mit der Information zufrieden und ließ dann die Katze aus dem Sack. Ob er denn ein Foto haben könne. Die Bildzeitung und der Express hätten schon bei ihm nachgefragt, „da sind auch für dich ein paar Scheinchen drin, mein Lieber".

Aber Bahn lehnte kategorisch ab. „Negative und Abzüge sind alle bei der Polizei", log er. Er wartete Jansens Reaktion nicht ab. „Warum hast du mich nicht über den Brandanschlag an der Girbelsrather Straße aufgeklärt, du Penner? Wofür bekommst du eigentlich das Honorar?", polterte er los.

Jansen schwieg für einige Augenblicke betreten. Er hätte da ein kleines Problem gehabt am frühen Morgen, druckste er herum. Sein neues Herzblatt habe über das ständig piepsende Funkgerät, mit dem Jansen rund um die Uhr sämtlichen Funkverkehr bei Polizei, Feuerwehr und Notdiensten abhörte, geschimpft, da habe er es erst nach sechs eingeschaltet. „Für die Liebe müssen wir halt alle Opfer bringen, Helmut", meinte er verlegen. Aber er werde schon einen Weg finden, um wieder ständig auf Empfang zu sein. „Und wenn ich die Maus zum Teufel schicken muss."

Verärgert kam Waldhausen in die Redaktion zurück und setzte sich hinter seinen Schreibtisch. „Der Walter tickt nicht ganz sauber", schimpfte er. „Da meint er allen Ernstes, den großen Staatsmann spielen zu müssen, weil einige Idioten einen Molotowcocktail schmeißen, und hält uns einen elend langen Vortrag über seine Bemühungen um Aussöhnung und Integration." Waldhausen hielt Bahn einige dicht beschriebenen Blätter hin. „Diesen Schwachsinn hat der uns vorgelesen. Davon kannst du absolut nichts gebrauchen."

Kurzerhand warf er die Stellungnahme des Bürgermeisters in den Papierkorb. „Dass er erschüttert ist, weiß ich, ohne ihn zu sprechen. Jeder ist erschüttert, nicht nur unser Bürgermeister. Davon redet morgen bestimmt ganz Düren."

Rita und Rolf

Der Lokalchef hatte sich gehörig getäuscht. Zwar empörten sich Politiker, Kirchen und soziale Einrichtungen über den Brandanschlag, wie sie in umfangreichen Faxen an die Redaktion mit der Bitte um Abdruck erklärten, die Bürger hingegen wollten wissen, was denn nun mit dem toten Traumpaar Rita und Rolf sei.

Unentwegt klingelte ab dem frühen Morgen das Telefon in der Redaktion. Ob man denn wisse, wer die Toten seien, wurde mehrfach gefragt. Warum es kein Bild von ihnen gebe? Das sei doch wesentlich eindrucksvoller als die Ablichtung eines angebrannten Wohnzimmers.

Auch die anderen Zeitungen und das Radio schwenkten voll und ganz auf das Traumpaar um, das gemeinsam in den Tod gegangen war, wie Bahn seinen Artikel getitelt hatte. Radio Rur hatte die Information über den Doppelselbstmord sogar als Spitzenmeldung frühmorgens verlesen.

Selbst Gisela, die mit keinem Wort auf den geplatzten Einkaufstermin zu sprechen kam, sprach beim Frühstück nur von dem Paar, aber nicht von dem Anschlag. „Ob wir auch einmal so enden?", fragte sie scherzhaft, ehe sie Bahn mit einem satten Kuss zur Arbeit fahren ließ. „Vorher will ich aber noch einiges mit dir erleben. Ich habe nur einen einziges Wunsch, ich möchte ein schönes Brautkleid."

„Deine Kollegen rennen mir die Bude ein und wollen Informationen", sagte der Bernhardiner zu Bahn am Telefon. „Aber ich weiß noch nicht mehr als gestern."

„Haben die beiden denn keine Papiere oder sonst etwas gehabt?", fragte Bahn. „Es muss doch irgendetwas geben, was anders ist als bei anderen?"

Küpper stockte kurz, womit er sich bei Bahn verriet.

„Du hast also doch eine Information, die noch nicht raus ist?", hakte der Journalist nach.

„Dir kann ich's sagen, aber..."

„Ich weiß, ich weiß", fiel ihm Bahn ins Wort, „es kommt nichts davon in die Zeitung, bis ich nicht grünes Licht habe. Also, was ist?"

„Die beiden waren high, als sie sich aufbaumelten", antwortete der Kommissar.

Bahn verstand nicht auf Anhieb, obwohl ihm etwas schwante. „Was meinst du damit?"

„Die beiden haben sich vorher eine Spritze verpasst, Rauschgift, vermutlich Heroin. Das waren wohl kleine Junkies, die den letzten ultimativen Kick erleben wollten", sagte Küpper zynisch. Bei der Obduktion hätten die Mediziner eine entsprechende Vermutung geäußert. Wenzel habe es ihm gerade mitgeteilt.

„Erleben ist gut", sagte der Journalist. „Die waren also süchtig?"

„So sieht es aus."

„Dann tut's mir nicht leid um sie", bekannte Bahn ohne Gewissensbisse. Die eigene Erfahrung hatte ihn kalt werden lassen „Besser, die krepieren früh, bevor sie der Allgemeinheit auf der Tasche liegen." Küpper schwieg zu der Bemerkung. Er hatte es auf einmal eilig, das Gespräch zu beenden. „Wenzel kommt", flüsterte er. „Ich sage dir sofort Bescheid, wenn ich etwas Neues weiß", versprach er.

Offensichtlich würde es an diesem Freitag nichts Neues mehr geben. Denn im Pressebericht der Kripo am Mittag wurden nur die Fakten bestätigt, die Bahn schon veröffentlicht hatte, und außerdem der Hinweis gemacht, mit dem Obduktionsergebnis sei nicht vor dem nächsten Montag zu rechnen. Mit keinem Wort ging der Bericht auf die von Küpper angedeutete Rauschgiftsucht der beiden Toten ein. „Da siehst du, wie groß das Vertrauen ist, das Küpper zu dir hat", hatte Waldhausen erklärt, als Bahn ihm von dem Telefonat berichtete.
Bahn wusste, dass er sich auf seinen Chef verlassen konnte. Waldhausen würde nie etwas im Blatt schreiben, das Bahn schaden oder die Beziehung zu Küpper beeinträchtigen könnte und somit würde er auch darüber keine Zeile veröffentlichen, wenn nicht andere Quellen gleichlautend sprudeln würden.
Nur Jansen schien mit der Pressemitteilung überhaupt nicht einverstanden. „Da stimmt etwas nicht,

mein Freund", sagte der Informant zu Bahn,, als er sich entrüstet meldete, „die spielen verrückt und haben den Funk total aus der Sache herausgenommen." Jansen war empört, dass ihm die Polizei seine Verdienstgrundlage kappte. „Bei der kleinsten Unfallflucht oder dem winzigsten Ladendiebstahl rufen die uns zur Mitarbeit auf, wenn aber eine dicke Sache ansteht, wollen die die Steuerzahler ausklinken."

Bahn ließ den treuen Informanten reden. Jansen brauchte ab und zu ein Ventil, um seinen Frust loszuwerden.

„Da steckt der neue Staatsanwalt hinter", behauptete Jansen schimpfend. „Der Banken ist bekloppt, der will alles nur für sich haben. Kennst du den, Helmut?"

„Flüchtig."

„Das ist ein ganz harter Knochen, habe ich gehört", fuhr Jansen fort. „Der hat vor nichts Angst, nicht einmal vor einer Frau." Er kicherte. „Kann er auch nicht, der ist nämlich solo. Warum wohl?"

Bahn ging auf diese hämische Bemerkung nicht ein. Er wusste es besser als der angeblich bestinformierte Mann von Düren, für den sich Jansen gerne ausgab. „Du meinst also, der Banken hält bei den Ermittlungen den Finger drauf?"

„So ist es", versuchte Jansen glaubhaft zu bestätigen. „Der macht uns das Geschäft kaputt." Er wisse nicht weiter, er wisse nur, dass etwas nicht stimme.

„Vielleicht sprichst du den Banken direkt an, Helmut!", schlug er vor. „Vielleicht sagt der dir mehr als offiziell bekannt ist."

Banken war nicht begeistert, als Bahn ihn anrief. Er wisse doch, dass die Pressestelle der Staatsanwaltschaft für Auskünfte zuständig sei, hielt er dem Journalisten vor. „Wenn du also etwas erfahren willst, dann rufe in Aachen an."

„Die können mir aber nur das weitergeben, was du ihnen zuvor berichtet hast", entgegnete Bahn prompt, „und du hast denen noch gar nichts berichtet. Deine Öcher Freunde haben mir erklärt, die Staatsanwaltschaft warte das Obduktionsergebnis ab."

„So ist es", bestätigte Banken gelassen, „was willst du also mehr?"

„Du wirst mir doch wohl sagen können, wie alt die beiden Toten ungefähr sind, ob sie bei der Polizei bekannt sind, ob sie liiert waren oder es sich nur um eine Zufallsbekanntschaft handelte." Bahn legte eine Kunstpause ein. „Waren Sie vielleicht betrunken oder nicht im Vollbesitz ihrer geistigen Kräfte, als sie sich aufbaumelten?" Er war zufrieden mit sich, er hatte eine Frage gestellt, der Banken nicht entnehmen konnte, dass er schon Informationen hatte.

„Wie kommst du darauf?", fragte Banken verunsichert zurück.

Bahn musste schmunzeln. „Ein normaler Mensch wird sich so nicht töten. Die beiden tickten nicht ganz sauber. Oder?" Er war gespannt, wie der junge Staatsanwalt auf diese Überlegung reagieren würde.

Banken schwieg lange, dann sagte er: „Kein Kommentar." Das schien sein letztes Wort zu sein, denn er wollte sich verabschieden.

„Moment, Moment", bremste ihn Bahn ungehalten, „wenn du nicht freiwillig willst, muss ich anders. Ich schicke sofort ein Fax los zur Pressestelle und zu dir und frage darin, ob das Paar aus Düren stammt, wie alt es ist, ob die beiden bei Verstand waren und so weiter. Dann will ich von euch unverzüglich Antworten!"

„Und wenn nicht?", fragte Banken.

„Dann steht morgen im Blatt, Staatsanwalt Banken wollte nicht dementieren, dass das aus Düren stammende Paar Anfang Zwanzig unter dem Einfluss von Rauschmitteln Selbstmord begangen hatte. Und dann werde ich die Frage aufwerfen, ob es im Sinne des Steuerzahlers ist, wenn die Staatsanwaltschaft so langsam arbeitet, dass alle Informationen längst bekannt sind, bevor sie sich regt."

Das könne er nicht machen, protestierte Banken. „Das ist nicht fair."

„Fair ist es auch nicht, wenn ich euch mit Bildern versorge und ihr mich dann hängen lasst", entgegnete Bahn auf der Stelle.

Das war zwar eine unsachliche Entgegnung, weil die Kripo nicht unbedingt alle Hinweise sofort an die Staatsanwaltschaft weiterleitete, aber das war Bahn in diesem Augenblick egal. „Also, was ist?" Er schlug einen versöhnlichen Ton an. „Nun sag' mir auf dem kurzen Dienstweg, was Sache ist." Der Journalist war gespannt, wie Banken jetzt reagieren würde.

„Na, gut", antwortete Banken nach einer kurzen Denkpause zu Bahns Erleichterung. „Aber nur, wenn du mir sagst, von wem du von dem Selbstmord erfahren hast."

Bahn willigte sofort ein. „Ich sage dir auch zuerst, was ich schon alles weiß, und du sagst mir, ob das richtig ist oder mir noch Informationen fehlen", schlug er kumpelhaft vor. „Du kannst dann immer sagen, ich hätte das meiste nicht von dir erfahren, sondern schon vorher gewusst."

Mit einem Satz gab Bahn seinen Wissensstand preis: „Mit Heroin vollgespritzt haben sich die seit drei Jahren liierten Rita und Rolf gemeinsam stranguliert." Er holte kurz Luft. „Stimmt's?"

Banken schien für einen Moment sprachlos. „Stimmt", bestätigte er anschließend verblüfft. „Helmut, woher weißt du das bloß?"

Bahn musste unweigerlich lachen. „Weil ich Journalist bin, mein Bester, daher weiß ich das." Er möge nicht vom Thema abschweifen, hielt er dem Staatsanwalt vor. „Jetzt bist du an der Reihe, mir das zu sagen, was ich nicht weiß."

„Mehr wissen wir auch noch nicht", beteuerte Banken. „Wir wissen nicht, woher die beiden stammen, wir wissen nicht, wie ihre kompletten Namen lauten. Wir warten wirklich auf die Obduktionsergebnisse und auf die erkennungsdienstlichen Ermittlungen."

„Die dauern wirklich so lange?", fragte Bahn skeptisch. „Die Polizei muss doch etwas über die beiden Toten haben, wenn das Junkies sind. Du kannst mir doch nicht allen Ernstes weismachen, die laufen als Süchtige durch die Gegend, und ihr bekommt das nicht mit."

Das könne durchaus sein, gab Banken zu bedenken. Er lachte, was Bahn nicht verstand. „Das ist fast dieselbe Situation, die ihr heute Morgen meinem Kollegen Küpper unter die Nase gerieben habt. Wenn die Toten nicht aus Düren oder dem Zuständigkeitsbereich der jeweiligen Polizeibehörde stammen, dauert das so einige Zeit, bis wir sie identifiziert haben. Vielleicht sind die ja aus Götterswickershamm oder Siepenbusch."

„Kannst du denn ausschließen, dass die beiden aus der Region sind?", fragte Bahn.

„Nein, natürlich nicht", antwortete Banken schnell. „Die Fingerabdrücke sind noch nicht untersucht worden. Rita und Rolf haben vielleicht jahrelang in deiner Nähe gewohnt, du hast es nur nicht bemerkt." Aber morgen wisse er mehr, versuchte er

Bahn zu trösten, was dem Journalisten aber nicht behagte.

„Morgen, dann werdet ihr wieder alle informieren; dann bin ich wieder nur einer von vielen", monierte Bahn.

Das sei halt sein Berufspech, meinte Banken lapidar, der endlich zu dem kam, was er eigentlich von Anfang an wissen wollte. „Wer hat dich informiert, Helmut?"

Bahns Antwort trieb ihm die Zornesröte ins Gesicht. „Eine gewöhnlich gut unterrichtete Quelle, mein Bester", antwortete der Journalist ruhig und genüsslich. „Kennst du die etwa nicht?" Das sei dann halt sein Berufspech, fügte er hinzu und legte sofort auf, weil er am Display seines Telefonapparates gesehen hatte, dass Thea ein anderes Gespräch für ihn in die Warteschleife gelegt hatte.

Eine gut gelaunte Gisela war in der Leitung. Sie habe eine Adresse in Lobberich ausfindig gemacht, wo es die besten Brautkleider zu den günstigsten Preisen geben würde. „Da müssen wir heute unbedingt noch hin, Helmut!" Sie spürte sein Zögern. „Du hast mich gestern sitzen gelassen, da musst du etwas gutmachen", schnurrte sie, „und ich bin schließlich auch noch da."

„Ist ja in Ordnung", knurrte Bahn mit gespielter Gereiztheit. Er würde rechtzeitig nach Hause kommen, versicherte er seiner Partnerin.

Er verstand die Hektik nicht, die Gisela wegen eines Brautkleides verbreitete. Es dauerte doch noch einen ganzen Monat, bis sie vor den Traualtar treten würden. Zugleich war Bahn etwas verunsichert. Thea hatte ihn auch schon gefragt, was er zur Hochzeit anziehen wollte.

‚Was gab es da zu überlegen?', fragte er sich. Er war doch gut gekleidet mit seinen Edeljeans, den Lederschuhen, den Markenhemden und exklusiven Shirts und seiner abgewetzten, aber wertvollen und daher auch attraktiven Lederjacke, die er schon seit Jahren trug. Wieso sollte er sich da Gedanken über seinen Anzug machen? In all den vielen Jahren, die er schon mit Gisela zusammen war, war ein Anzug nie ein Thema gewesen. Irgendwie würde er die Kleiderfrage schon auf die Reihe bekommen, sagte er sich. Zur Not, so tröstete er sich, würde ihn Gisela bestimmt auch in Jeans vor den Standesbeamten schleppen.

„Wie viele Zeilen brauchst du für dein Traumpaar?" Waldhausen war ins Zimmer gekommen, hatte sich fragend auf die Schreibtischkante gehockt und Bahn damit aus der Gedankenverlorenheit zurückgeholt. „Können wir daraus den Aufmacher machen?" Der Redaktionsleiter benötigte noch eine gute Geschichte für die erste Lokalseite.

Damit könne er nicht dienen, bedauerte Bahn. „Mein Vetter in spe lässt mich glatt verhungern." Er werde zwar etwas schreiben, aber viel hätte er nicht zu bieten. „Das einzige Fakt, das wir noch nicht berichtet haben, ist die Rauschgiftsache", gab er zu bedenken. Daraus könne er 40 bis 50 Zeilen strecken, aber nicht mehr.

„Wenn alle Stricke reißen, musst du halt eine Hintergrundgeschichte schreiben", sagte Waldhausen nachdenklich, „so nach der Devise, es hat in diesem Jahr schon soundso viele Rauschgifttote in Düren gegeben und was die Stadt zu tun gedenkt. Was machen die Behörden, um das Problem in den Griff zu bekommen?"

Bahn verzog sein Gesicht und gab seinem Freund damit zu verstehen, dass er von dieser Idee überhaupt nicht angetan war.

Schnell wechselte er deshalb das Thema: „Was macht eigentlich Molotow?"

Der Lokalchef schüttelte resignierend den Kopf. „Da kommt nichts mehr. Man hofft, dass es die einmalige Tat eines Einzeltäters war und es keine Nachahmungstäter gibt. Das Bemerkenswerte ist allenfalls, dass der oder die Idioten in Erkelenz eine andere Flasche missbraucht haben als der oder die Schwachköpfe bei uns." Das habe Küppers Neffe ihm freimütig berichtet, erklärte Waldhausen grinsend. „Ansonsten tappt man in Erkelenz wie in Düren im Dunkeln."

„Mit anderen Worten", sagte Bahn, während er sich aus seinem Schreibtischsessel erhob, „wir haben nichts Spektakuläres für die Wochenendausgabe."

„So ist es", bestätigte Waldhausen. Zwar könnten seine Kollegen immer eine Reportage aus dem Schreibtisch ziehen, Berichte über aktuelle Geschehnisse waren selbstredend allemal besser. „Aber es kann ja noch etwas passieren", meinte er mit übertriebenem Optimismus. „Es ist doch gerade erst vier."

„Das passiert dann ohne mich", meinte Bahn entschieden. „Ich habe meiner Holden versprochen, früh zu kommen, und ich freue mich darauf."

„Und dein Artikel?"

Bahn lachte verschmitzt: „Den habe ich doch schon längst geschrieben." Mit einer Hintergrundgeschichte könne und wolle er allerdings nicht dienen, die müsse sich Waldhausen abschminken. „Die haben wir doch erst vor ein paar Wochen gemacht, als du in Urlaub warst." Bahn betrachtete seinen Freund spöttisch. „Was habt ihr denn den ganzen Tag gemacht, Thea und du? Habt wohl keine Zeit gehabt, das Tageblatt zu lesen, was?" Er freute sich, dass Waldhausen errötete. Auf diese Neckereien konnte er einfach nicht ohne Reaktion bleiben, was Bahn gerne und leidlich ausnutzte.

Bahn drehte sich um und ging froh grüßend zum Ausgang. Aber er kam nicht weit, ein junger Mann, der unsicher in die Redaktion treten wollte, stand behindernd im Treppenhaus vor der Tür.

Er suche einen Redakteur namens Bahn, sagte er, und Bahn gab sich unwillig zu erkennen. „Was gibt's denn?"

Bahn habe doch den Bericht über die beiden Toten an der Rurbrücke gemacht, sagte der Mann Anfang 20 in Jeans und Pulli und mit einer Reisetasche in der Hand leise.

„Ja, und?" Bahn wusste nicht, was der Unbekannte bezweckte. Wollte er sich beschweren oder wollte er informieren? „Was kann ich für Sie tun?" Sein demonstrativer Blick auf die Uhr verdeutlichte, dass er es eilig hatte.

Ein flüchtiges Lächeln zeigte sich auf den Lippen des Mannes, der unbeeindruckt über diese Geste hinwegsah. „Sie können mir vielleicht behilflich sein." Er stellte sich als Wolfgang Wassermann vor. „Ich komme aus Düren und studiere in Marburg Germanistik."

Bahn glaubte schon, der Student würde ihn jetzt wegen der Möglichkeit ansprechen, als freier Mitarbeiter in den Semesterferien ein Praktikum beim Tageblatt zu machen.

Doch hatte Wassermann etwas völlig anderes im Sinn. „Ich hoffe, meine Befürchtung bewahrheitet sich nicht." Er atmete tief durch. „Können Sie mir freundlicherweise die beiden Toten von der Rurbrücke näher beschreiben? Haben Sie vielleicht sogar ein Bild von ihnen?"

Bahn war irritiert. „Was soll das?" fragte er.

Der Student wandte sich verlegen. „Lassen Sie es mich so erklären: Ich hoffe, dass es sich bei der toten Frau nicht um meine Zwillingsschwester handelt."

Bahn erschrak. „Wie kommen Sie denn darauf?"

„Die Namen, die Sie in ihrem Artikel genannt haben, haben mich stutzig gemacht. Als ich im Zug von Köln nach Düren saß, habe ich das Tageblatt gefunden und dabei in Ihrem Artikel die Namen Rita und Rolf gelesen. Meine Schwester heißt Rita, ihr Freund Rolf."

Bahn stockte kurz der Atem. Auch Waldhausen, der sich im Türrahmen seines Zimmers angelehnt hatte, starrte auf den jungen Mann, der fast schon verschämt auf den Boden schaute. „Ich habe Angst, dass es sich bei den Toten um diese beiden handelt."

Bahn überlegte kurz, dann nickte er dem Studenten zu und bat ihn, ihn ins Fotolabor im Keller zu begleiten. Im Projektor zog er die Negative auf das größtmögliche Maß und ließ Wassermann auf die Projektionsplatte schauen.

„Das könnten sie sein", sagte er entgeistert. „Das könnten meine Schwester und ihr Freund sein."

Schwankend drehte er sich um. Bahn konnte ihn gerade noch greifen, bevor er umkippte.

Behutsam begleitete Bahn den Studenten zu einem Stuhl und füllte ihm ein Glas Leitungswasser ein. Schweigend beobachtete er den apathischen Mann, er würde warten, bis der andere sich gefangen und etwas gesagt hatte.

„Ich muss zur Polizei", sagte Wassermann schließlich entschieden, „ich muss sie informieren."

Bahn blickte zur Uhr und lächelte müde. „Da werden Sie jetzt niemanden mehr antreffen, die haben Feierabend." Aber vielleicht könne er ihm helfen, bot Bahn an. Er würde ihn gerne nach Hause fahren und bei ihm bleiben, bis er sich beruhigt hat. „Vielleicht stellt sich auch heraus, dass es sich gar nicht um Ihre Schwester handelt", versuchte er zu trösten.

Der Student nickte. „Könnten Sie mich freundlicherweise zur Grube-Alfred-Straße bringen? Sie wissen schon, nach Echtz direkt am Echtzer See."

„Kein Problem." Bahn witterte eine Geschichte. Das wäre was, wenn er Licht in die tragische Angelegenheit bringen könnte und der Polizei zuvorkam.

Schnell brachte er Wassermann zu seinem Escort, stets um sich schauend, ob nicht zufälligerweise ein Kollege der DZ vorbeikam, der vielleicht aufmerksam werden könnte. Bahn hatte Mühe, den direkten Weg nach Echtz zu finden, und war froh, dass ihm der Student die richtigen Hinweise gab.

Die Familie habe schon seit ewigen Zeiten in Echtz gewohnt, schilderte der junge Mann. Inzwischen seien die Eltern tot, vor einem knappen Jahr seien sie bei einem Verkehrsunfall ums Leben gekommen. Er studiere in Marburg, seine Schwester in Aachen. „Wir sehen uns meistens nur am Wochenende oder in den Semesterferien. Üblicherweise ruft Rita mich donnerstags abends gegen acht Uhr an, um zu wissen, wann ich freitags am Bahnhof ankomme, damit sie mich abholen kann. Gestern ist ihr Anruf ausgeblieben."

Wassermann schluckte kurz und bat Bahn vor einem Mehrfamilienhaus, anzuhalten. „Das haben meine Eltern gebaut", erklärte er. „Mit der Miete können Rita und ich unser Studium gut finanzieren." Er drückte auf den Klingelknopf neben der Haustür, doch niemand reagierte. Umständlich suchte er in seiner Reisetasche und hielt schließlich einen Schlüssel in der Hand. Zitternd öffnete der Student die Haustür und nach wenigen Schritten die Tür zu einer der beiden Wohnungen im Parterre.

„Rita!", rief er laut, doch erhielt er keine Antwort. Wassermann ging durch sämtliche Räume, während Bahn gehemmt im Flur wartete, und blieb nach der ergebnislosen Suche enttäuscht im Wohnzimmer sitzen.

„Verdammt, wo kann Rita sein?", fragte er Bahn, der sich zu ihm gesetzt hatte und hilflos mit den Schultern zuckte.

„Vielleicht ist die Tote ja gar nicht Ihre Schwester", sagte der Journalist mit belegter Stimme.

„Sie ist es", entgegnete der Student bestimmt, „ich weiß es." Er sprang auf und lief in ein Zimmer, aus dem er wenig später mit einem Bild wiederkam. „Sehen Sie, so sieht Rita aus."

Unruhig blickte Bahn auf die Fotografie und erschrak. Das hübsche Gesicht war identisch mit dem Bildnis der Toten. „Sie haben leider Recht", stammelte er. „Die Tote ist Ihre Schwester?" Was er als Frage formulierte, war im Prinzip eine Feststellung. Er musterte den versteinert vor sich hin stierenden Studenten und glaubte die Gemeinsamkeiten zwischen ihm und der Toten zu erkennen, die sie als Zwillinge auszeichneten.

„Und das ist Rolf?" Wassermann zeigte dem Journalisten ein zweites Bild, das er mit ins Zimmer gebracht hatte. Es war die Ablichtung einen jungen, langhaarigen Mannes.

Auch hier hatte Bahn keine Zweifel. Es handelte sich um den Toten von der Rur. „Wie heißt er?"

„Rolf Bremer, er wohnt in Aachen, studiert mit meiner Schwester an der RWTH und ist seit mehr als drei Jahren mit ihr zusammen. Der hat zwar in Aachen seine Bude, schläft aber meistens hier", antwortete Wassermann.

„Was sollten die beiden denn für einen Grund gehabt haben, sich umzubringen?" Bahn konnte sich fast nicht erklären, was die jungen Menschen in den Tod getrieben haben könnte. Es gab eigentlich nur einen einzigen Grund.

Er sah Wassermann an, doch der blieb still.

„Wissen Sie, dass die beiden rauschgiftsüchtig waren?" Bahn atmete auf. Jetzt war es ausgesprochen.

„Die Polizei vermutet, dass sie sich den goldenen Schuss gesetzt und den Abschied aus dem Leben noch durch den Strick intensiviert haben." Er war bestürzt, als er Wassermann anblickte, dessen Gesichtszüge hart und dessen Augen eiskalt wurden.

„Was behaupten Sie da?", fragte er Bahn drohend leise.

„Ich behaupte nichts", antwortete der Journalist. „Ich sage Ihnen nur, was ich von der Polizei weiß." Es schien ihm ratsam, dem Studenten die Wahrheit zu sagen. „Bei beiden hat man bei der Obduktion Einstiche im rechten Arm entdeckt. Jetzt wird vermutet, dass sie sich mit Heroin vollgepumpt haben." Wassermann stand bebend auf und näherte sich drohend Bahn. „Das kann nicht sein, Sie lügen mich an", brüllte er lauthals.

Bahn befürchtete schon, der Student würde sich auf ihn stürzen. Er sprang auf und hob erschrocken seine Arme zur Abwehr.

Doch hatte sich der junge Mann sofort wieder gefangen. „Okay, okay", sagte Wassermann durchschnaufend, „wenn die Obduktion das ergeben sollte, dann kann ich es leider nicht ausschließen." Er setzte sich in einen Sessel und bat auch Bahn, wieder Platz zu nehmen. „Ich will Ihnen eine Geschichte erzählen. Falls Sie mir nicht glauben, ist das Ihre Sache."

Neugierig hockte sich Bahn nieder und schaute auf den Studenten, der sich mit geschlossenen Augen zurückgelehnt hatte und nachzudenken schien.

„Die Annahme ist richtig, dass Rolf süchtig war", sagte Wassermann endlich, „wobei ich betone, süchtig war. Rolf hat erfolgreich einen Entzug hinter sich und war seit einigen Monaten clean, nicht zuletzt, weil Rita ihn immer wieder unterstützt hat. Ohne meine Schwester hätte er den Absprung von der Spritze nicht geschafft." Der Student rieb sich mit den Händen durchs Gesicht. Er sah erschöpft und traurig aus. „Meine Schwester hat das Zeug nie angepackt."

‚Aber nun ist sie ebenso tot wie Bremer und hatte sich ebenso wie ihr Freund Heroin gespritzt', dachte sich Bahn. ‚Wassermann übersieht die Drogensucht, weil er sie in seinem Todesschmerz übersehen will', sagte er sich.

Ob er bleiben soll oder gehen könne, fragte er vorsichtig, und Wassermann gab ihm durch einen Wink zu verstehen, er solle ihn ruhig allein lassen.

„Sie haben mir wirklich sehr geholfen, Herr Bahn, auch wenn Sie es nicht glauben können." Bereitwillig überließ der Student ihm die beiden Bilder und gab auch noch Angaben zu Rita und Rolf. „Von mir aus können Sie die Bilder veröffentlichen. Ich habe sie gemacht."

Bahn holte aus der Lederjacke eine seiner roten Visitenkarten, die er dem jungen Mann reichte, und verstaute die Fotografien. „Wenn was ist, Anruf genügt und ich komme."

Wassermann nahm das Angebot dankend an. „Ich werde aber besser verschwinden. Ich kann mir vorstellen, dass morgen nach Ihrem Artikel alle möglichen Menschen hier anrufen." Er werde sich noch am Abend aus dem Staub machen und sich in die Eifel zurückziehen. „Ab Montag bin ich dann wieder in Marburg. Was soll ich auch hier? Meine Schwester wird nicht mehr lebendig." Auf einem losen Zettel, den er aus seiner Reisetasche gekramt hatte, notierte Wassermann seine Rufnummer im Studentenheim. „Mit viel Glück können Sie mich dort erreichen."

Hätte er Wassermann empfehlen sollen, doch die Polizei zu informieren? Oder musste er nicht selbst Küpper informieren? Bahn war sich nicht schlüssig, als er zurück in die Innenstadt fuhr und, wie von ihm erwartet, in der Tageblatt-Redaktion auf Waldhausen stieß. Atemlos schilderte er ihm die Geschichte.

49

„Übrigens, Küpper wollte was von dir," sagte ihm sein Chef beiläufig, „aber der ist jetzt zum Freundschaftstreffen der Dürener Kriminalpolizei mit den Kollegen aus Valenciennes unterwegs nach Frankreich. Er ruft dich am Montag wieder an."

Warum Bahn erleichtert aufatmete, verstand Waldhausen nicht, aber Bahn lieferte ihm auch keine Erklärung deswegen. Es gab ohnehin auch Wichtigeres im Moment, wie Waldhausen mit einem Hinweis auf die fortgeschrittene Zeit andeutete. „Mein Freund, hau' in die Tasten, wir haben nicht mehr lange", meinte er im Hinblick auf den Andruck der Zeitung. „Du musst heute ausnahmsweise einmal schon um neun fertig sein."

Bahn ließ sich die Anregung von Waldhausen nicht zweimal sagen. Ohne Diskussion hatten sie einvernehmlich geklärt, dass sie die Namen in verkürzter Form und dazu die Bilder veröffentlichen würden. Mit routinierter Schnelligkeit hatte Waldhausen die erste Seite umgestaltet, die zeitlose Reportage zurück in den Schreibtisch verbannt und Platz für Bahns Geschichte geschaffen.

„Lass' die Finger fliegen!", hatte Waldhausen seinen Freund aufgefordert, und Bahn legte los.

Um Grammatik, Ausdruck und Tippfehler kümmerte er sich nicht. Hauptsache, die Fakten stimmten.

Die Korrekturarbeit übernahm Waldhausen, der konzentriert Bahns Artikel den richtigen Schliff gab.

50

Dieses Teamwork hatte schon oft funktioniert und klappte auch dieses Mal. Kurz vor neun waren alle Texte geschrieben und für den Ausdruck freigegeben.

In der Gewissheit, den anderen Zeitung in Düren wieder etwas vorgesetzt zu haben, gingen Waldhausen und Bahn zufrieden zum Stollenwerk, der Kneipe an der Ecke, in der sie sich gerne nach dem Tagwerk genüsslich ein Kölsch genehmigten.

„Lass' dir Zeit, Helmut", meinte Waldhausen scherzhaft, „heute kommst du ohnehin nicht mehr nach Lobberich."

Bahn verschluckte sich. Den Termin mit Gisela hatte er wieder verschwitzt. Er fürchtete schon, was noch auf ihn zukam, wenn er an der Kampstraße vorfuhr. Seine Freundin würde garantiert kein Wort mit ihm reden.

„Mach' dir nichts draus", tröstete ihn Waldhausen, „mir geht es auch nicht besser." Er grinste, als er Bahns Unruhe erkannte, er wusste, wie er seinen Freund am besten hochnehmen konnte. „Unsere Dämlichkeiten sind im Kino und wollen sich mit uns um halb elf hier treffen."

Flächenbrand

Das Telefon riss Bahn am Samstag in der Frühe aus allen Träumen, schlaftrunken grapschte er nach dem Hörer und meldete sich leise, darum bemüht, Giselas Schlaf nicht zu stören.

„Du bist das größte Arschloch, das frei herumläuft", brüllte ihn eine Stimme an, die er nicht auf Anhieb erkannte, „man sollte die Menschheit vor dir verschonen und dich wegsperren."

Bahn sah keinen Grund, sich dieses unergiebige Gespräch anzutun. Das gab es nur eins: Kurzerhand legte er den Hörer wieder auf die Ladestation.

Derartige Anrufe kamen häufiger im Monat zu allen möglichen und unmöglichen Zeiten vor und seine Art, die Telefonate durch abruptes Auflegen zu beenden, hatte sich als probates Mittel erwiesen, um die anonymen Zeitgenossen abzuschrecken.

Doch dieses Mal hatte es Bahn mit einem hartnäckigen Mitmenschen zu tun.

„Ich lege wieder auf", drohte Bahn in das Mikrofon hinein, nachdem er erneut nach dem Klingelzeichen den Hörer abgenommen hatte.

„Ich bin's, Friedrich", meldete sich die Stimme von eben, diesmal aber ruhig und kontrolliert.

„Was will denn mein Vetter in spe von mir am Samstag frühmorgens?", fragte Bahn launisch, obwohl er wusste, weshalb Banken ihn anrief. „Ich denke, du bist Beamter?"

Banken ging auf Bahns Ironie nicht ein. „Ich glaube, du bist mir eine Erklärung schuldig."

„Wieso?" Bahn tat ahnungslos.

„Vom wem hast du die Informationen über Rita Wassermann und Rolf Bremer? Wer hat dir die Bilder gegeben? Warum hast du mir darüber nichts bei unserem Gespräch gesagt?"

„Sonst noch Fragen?" Bahn freute sich. Es war Waldhausen und ihm also doch gelungen, seinen Informanten Wolfgang Wassermann draußen vor zu lassen. Bahn hatte schon befürchtet, man könnte direkt auf den Studenten stoßen. Aber offensichtlich war er aus den Artikeln nicht als Informant zu erkennen. „Stimmt denn etwa unsere hervorragende Berichterstattung nicht?"

Darauf käme es nicht an, schnaufte Banken, „Was meinst du, was hier los ist? Ich bekomme am laufenden Band Anrufe deiner Kollegen."

„Die du selbstverständlich alle an eure Pressestelle weiterleitest", schnitt ihm Bahn das Wort ab. „Oder etwa nicht?"

„Ich werde jedenfalls heute noch eine Presseerklärung schreiben", antwortete der Staatsanwalt ausweichend. „Vielleicht gibt es morgen auch eine Pressekonferenz. Ich weiß noch nicht genau." Er legte eine Kunstpause ein. „Helmut, du musst mir helfen. Wie wasserdicht sind deine Informationen?"

„Sehr dicht, dafür lege ich alle meine Hände ins heiße Wasser, Mann", antwortete Bahn, der sich an

53

seinem Wortspiel vergnügte. „Aber ich werde dir garantiert meine Quelle nicht verraten."

„Weißt du denn, wo ich den Bruder von Rita Wassermann finde?", fragte Banken.

Bahn ließ vor Verblüffung fast den Hörer fallen. Da brauchte Banken doch nur ins Telefonbuch zu schauen und anzurufen. Seine Kollegen von den anderen Zeitung würden garantiert darauf kommen, sagte er sich und gab deshalb Banken den Tipp.

„Hast du's etwa auch so gemacht? Hast du bei Wassermann angerufen?", fragte der Staatsanwalt neugierig.

„Nein", antwortete Bahn ehrlich, „ich habe meine Informationen nicht vom Telefon."

Er wolle nicht weiter stören, meinte Banken nach einer kurzen Denkpause. „Es wäre schön, wenn du mich demnächst informierst, bevor etwas in der Zeitung steht", bat er eindringlich, „ich verspreche dir auch, keinem deiner Kollegen etwas auszuplaudern."

„Ich weiß nicht, ob ich dir vertrauen kann", hielt Bahn vorsichtig dagegen. Er mochte solche Kungelei nicht unbedingt, von Küpper einmal abgesehen, wenn sie sich nicht gerade als unvermeidlich erwiesen; da konnte Banken bald mit ihm verwandt sein oder nicht.

Banken ließ sich von Bahns Auffassung nicht provozieren. „Ich möchte dich doch nur bitten, mich nicht wie einen kleinen Jungen aussehen zu lassen. Das reicht, wenn das meinem Kollegen Küpper passiert."

„Ach ja", schmunzelte Bahn. „Dann pass' auf, dass dir das nicht passiert."

Er hatte das Telefon gerade abgelegt, da klingelte es auch schon wieder.

„Ich bin nicht zu Hause", knurrte er ungehalten in den handwarmen Hörer.

„Ich auch nicht", hörte er Waldhausen hastig sagen. „Ich bin in Birgel am Burgacker und wollte dich bitten, mit deiner Kamera vorbeizukommen. Meine hat leider gerade im Moment den Geist aufgegeben."

Für Bahn war klar, dass er seinem Chef behilflich sein würde. Er würde nicht grundlos anrufen. Dennoch wollte er neugierig wissen, was es denn so Wichtiges in Birgel geben würde.

„Nicht viel", antwortete Waldhausen verdächtig gelangweilt, „hier gab's heute Nacht nur einen Brandanschlag auf ein Haus, in dem eine marokkanische Familie lebt."

Wie von der Tarantel gestochen sprang Bahn auf und weckte dadurch Gisela, die ihn verstört anschaute. „Ich muss zur Arbeit", sagte er entschuldigend, während er in seine Kleidung schlüpfte.

Das musste zur Erklärung genügen und Gisela gab sich damit zufrieden. Sie hatte diese Situation schon oft genug miterlebt. Sie drehte sich auf die Seite und versuchte, einzuschlafen.

Von seinem Haus an der Kampstraße in der Boisdorfer Siedlung war Bahn schnell in dem Dürener Stadtteil Birgel. Er schaltete einen Gang zurück, als ihm auf der Monschauer Landstraße aus Richtung Birgel ein Fahrzeug der Dürener Feuerwehr in langsamer Fahrt entgegenkam. ‚Da scheint schon alles unter Kontrolle zu sein‘, sagte sich Bahn, ‚dann kommt es auf eine Minute nicht mehr an.‘

Er hatte Mühe, zur Brandstelle vorzudringen, ein übereifriger, ihm unbekannter Polizist wollte ihm die Durchfahrt verwehren. Erst dessen Kollege, der Bahn seit Jahren kannte, ließ ihn passieren.

Äußerlich, so stellte Bahn auf den ersten Blick fest, war von der Straße aus an dem Haus, vor dem Feuerwehr und Polizei postiert waren, nichts zu erkennen. Einige Nachbarn standen leise redend herum und betrachteten das Geschehen.

„Komischer Anschlag“, sagte er zur Begrüßung zu Waldhausen, der ihn herangewunken hatte, „man sieht nichts. Was ist denn los?“

Waldhausen gab ihm mit einem Handzeichen zu verstehen, er solle ihm folgen, und ging um die Ecke zum Hauseingang. „Da hat jemand gefackelt“, erklärte er und zeigte auf die schwarz angesengte Haustür aus Holz.

„Das ist alles?“ Der verblüffte Bahn verstand die Aufregung nicht.

„Das ist alles", echote Waldhausen zornig, „Gott sei Dank ist das alles." Aber das Wenige habe ausgereicht, um das komplette Erdgeschoss mit Ruß zu überziehen und den Qualm bis zum Dach steigen zu lassen. „Da hätte nicht viel gefehlt und die Hausbewohner wären jämmerlich erstickt."

Ein Bäcker aus der Nachbarschaft, der um vier auf dem Weg zur Arbeit war, habe das Feuer entdeckt, die Feuerwehr alarmiert und mit den Löscharbeiten begonnen. „Offensichtlich hat jemand mit einem Brandsatz die Tür angesteckt", vermutete der Lokalchef. Die Parallele zu dem Brand an der Girbelsrather Straße sei unverkennbar, sagte er, das habe ihm Staatsanwalt Küpper inzwischen bestätigt.

Erst jetzt erkannte Bahn den Staatsanwalt, der aufgeregt umherlief. „Warum rennt der Hektiker so wild herum?", wunderte er sich.

„Weil der einen verdammt kniffligen Fall vor sich hat, mein Freund", antwortete Waldhausen. „Denn das Feuer ist noch das kleinste Übel." Er ging mit Bahn zur Rückseite des Hauses und deutete auf ein Fenster. „Hier ist der Idiot ins Haus, nachdem oder bevor er sein bescheuertes Markenzeichen hinterlassen hat."

Bahn sah das ungelenk mit schwarzer Farbe auf den weißen Putz aufgemalte Hakenkreuz neben dem geöffneten Fenster. „Arschloch", murmelte er zornig und hörte wieder Waldhausen zu.

„Der Schwachkopf ist also ins Haus, so meint Küpper, und hat die beiden schlafenden Kinder in das Kinderzimmer im Obergeschoss eingeschlossen. Anschließend hat er die Mutter ins Wohnzimmer geschleppt und gefesselt auf die Couch gelegt. Dort wurde die wehrlose Frau von der Feuerwehr gefunden. Sie wurde mit Rauchvergiftung und einem Schock ins Krankenhaus gebracht, die beiden Kleinkinder sind vorübergehend in einem Heim untergekommen."

„Und wo ist der Familienvater?"

„Der hält sich derzeit in Marokko auf, so haben es jedenfalls die Nachbarn erzählt. Er sei seit zwei Wochen auf einer Geschäftsreise in seinem Heimatland, heißt es jedenfalls." Waldhausen hielt kurz inne und grinste flüchtig. „Ich weiß alles. Die Nachbarn hier waren sehr auskunftsfreudig. Daraus kann ich leicht und locker etwas stricken. Du müsstest mir gefälligst nur ein paar Bilder machen."

Gerne kam Bahn der Bitte nach. „Wer hat dich eigentlich informiert?", fragte er neugierig.

„Der Bäcker", antwortete Waldhausen, „bei dem gehe ich mir ab und zu Brötchen kaufen. Der hat mich von der Backstube aus angerufen."

Der Hinweis auf die Brötchen weckte in Bahn das Hungergefühl. Er verabredete sich mit Waldhausen für den Sonntagmorgen in der Redaktion, obwohl beide keinen Dienst hatten, verabschiedete sich bei den Polizisten und fuhr zurück zur Kampstraße mit einem kurzen Umweg an einer Bäckerei vorbei.

Wie Waldhausen und Bahn richtig vermutet hatten, gab es am Sonntagmorgen statt des üblichen Presseberichts der Kriminalpolizei eine Pressekonferenz. Zu den Drogentoten von der Rur und dem Brandanschlag in Birgel wollten die Ermittlungsbehörden ausführlich informieren, hieß es im entsprechenden Fax, das am Samstagabend in die verschiedenen Redaktionen geschickt wurde.

Entsprechend gut gefüllt war der Sitzungssaal der Polizeiinspektion bei der Pressekonferenz, bei der sich die beiden Tageblatt-Redakteure auffällig zurückhielten.

Waldhausen war sichtlich zufrieden, als er mit Bahn anschließend zurück zur Redaktion fuhr. „Unsere Freunde der anderen Blätter wissen weniger als ich", bemerkte er zu seinem Kollegen. Das werde am Montag wieder zum großen Aufheulen führen, wenn das Tageblatt über die Fakten informierte, die bei der Pressekonferenz nicht bekannt geworden waren.

„Oder die Polizisten haben uns nicht alles gesagt, was sie wissen", gab Bahn zu bedenken.

„Na, und?" Waldhausen sah seinen Freund vergnügt an. „Unsere Kollegen wissen nur das, was offiziell gemeldet wurde. Wir wissen auf jeden Fall mehr."

„Und was?"

„Wir wissen zum Beispiel, dass die Mutter Kranken-schwester im Lendersdorfer Krankenhaus ist, dass ihre Schwester mit im Haus wohnt, aber in der Nacht nicht daheim war, dass ihr Mann Kaufmann von Beruf ist und dass die Familie das Haus erst vor einem Jahr gekauft hat, dass die Familie seit sieben Jahren in Deutschland lebt und dass beide Kinder hier geboren wurden." Waldhausen machte eine Atempause. „Sonst noch etwas?", fragte er mit einem schelmischen Lächeln.

Bahn staunte mit offenem Mund. Er wollte nicht wissen, woher sein Chef alle diese Informationen hatte, das konnte er sich denken. Im Gespräch mit den Nachbarn und dem Bäcker hatte Waldhausen sie bekommen. „Was ist denn mit den Tätern?"

„Keine Ahnung", antwortete der Lokalchef freimü-tig. „Da bin ich ausnahmsweise einmal nicht schlauer als die Kollegen und vielleicht auch die Po-lizei", bekannte er.

„Keine Ahnung", das hatte auch der Pressesprecher der Kriminalpolizei gesagt, als er bei der Pressekon-ferenz auf das Todespaar an der Rur angesprochen worden war. Er könne sich nicht vorstellen, wie die Namen der beiden an die Öffentlichkeit gelangt seien, beteuerte er. Auch wisse er nicht, wo der Bru-der der Verstorbenen momentan sei, er vermute allerdings, der Student befinde sich an seinem Studienort in Marburg. Jedenfalls habe man ihn als den wahrscheinlich einzigen Angehörigen der toten Frau bisweilen nicht benachrichtigen können.

Wie die Kripo bestätigte, bezweifele niemand mehr, dass es sich bei dem toten Paar um Rita Wassermann und Rolf Bremer handelte. Das hätten die bisherigen Ermittlungen in Düren und Aachen einwandfrei ergeben. Alles Weitere würde der Presse nach dem Abschluss der Obduktion und dem Vorliegen des Obduktionsergebnisses mitgeteilt. Zum jetzigen Zeitpunkt könne man nur spekulieren.

Bahn hatte zu dieser Mitteilung geschwiegen. Amüsiert hatte er beobachtet, wie die Kollegen der anderen Medien den Sprecher nervten, ihn zum Teil verärgert mit Fragen überhäuften, um dem Pressesprecher mehr Informationen zu entlocken, als schon im Tageblatt gestanden hatten. Aber der Mann konnte ihnen nichts Neues sagen.

Der mit dem Sonntagsdienst beschäftigte Kollege hatte wahrlich nichts dagegen, dass Waldhausen und Bahn ihm einen Teil der Arbeit abnehmen und die erste Seite mit ihren Themen gestalten wollten. „Je mehr ihr macht, umso früher bin ich wieder bei meiner Familie", freute er sich über die kollegiale Unterstützung.

Mit dem Hinweis auf die Familie hatte er unfreiwillig das Stichwort gegeben. Waldhausen erinnerte sich plötzlich daran, dass er mit Thea seine Mutter in Bonn besuchen wollte. Bahn hatte sich mit Gisela zum Kaffeetrinken bei ihren Eltern angemeldet.

„Verfluchter Job!", schimpften sie unisono, obwohl sie beide wussten, dass sie lieber in der Tageblatt-Redaktion als in einem Wohnzimmer saßen.

Um halb sechs war am Montag für Bahn die Nacht zum ersten Mal zu Ende. Jansen hatte ihn aus dem Bett geklingelt. „Es hat wieder im Asylbewerberheim gebrannt", informierte er den Journalisten, „mehr ist nicht bekannt." Vor einer Viertelstunde sei der Brandsatz geworfen worden.

Bahn dachte nicht lange nach, sondern rief sofort bei Waldhausen an. „Das ist Chefsache", kommentierte er trocken, als der schlaftrunkene Waldhausen mürrisch reagierte. „Ich kann mich nicht um alles kümmern. Außerdem bist du unser Experte für ausländerfeindliche Attacken." Bahn war froh, seinen Ärger über das frühe Wecken ablassen zu können. „Du kannst ja Walter anrufen und zum Tatort bitten. Unser Bürgermeister kommt bestimmt mit einer seiner großen Schaufeln."

„Verarschen kann ich mich selbst", knurrte Waldhausen. „Ich bin schon unterwegs", sagte er dann schnell und legte auf.

Bahn war gerade wieder in einen leichten Schlaf gesunken, als das Telefon erneut klingelte. Es war noch nicht einmal sieben Uhr, wie er mit einem müden Blick auf den Radiowecker erkannte, als er nach dem Störenfried griff. „Gottfried, du bist ein verdammter Quälgeist", stöhnte er erzürnt in die Muschel.

„Und du bist eine nichtsnutzige, verschlafene Kreatur", vernahm Bahn die laute Stimme seines Chefs. „Hoffentlich bist du bald in den Klamotten und unterwegs zum Nordpark!"

„Was soll ich da?", fragte Bahn, der mit einem Mal hellwach war. Waldhausen würde ihn nicht ohne Grund aus den Federn klingeln.

„Es gibt wieder einen Toten. Einen jungen Mann, der ganz brav auf einer Parkbank liegt", klärte ihn Waldhausen auf. „Die Polizei ist draußen."

„Selbstmord oder was?" Bahn sah nicht ein, für jeden Toten durch die Gegend zu fahren. Da musste ihm Waldhausen schon etwas mehr bieten.

„Ich weiß es nicht. Und die Polizisten wissen es auch nicht. Die wissen nur, dass es sich um einen Rauschgiftsüchtigen handelt."

Langsam spürte Bahn das Kribbeln in ihm aufsteigen, für ihn das untrügerische Zeichen, dass er dahin musste. Auf seinen Instinkt konnte er sich immer verlassen.

„Du bist doch ohnehin unser Experte für Rauschgifttote", fuhr Waldhausen spöttelnd fort, „außerdem dürfte unser Freund Krupp auch bald dort auftauchen."

„Wieso hat denn die DZ die Nase dran?", fragte Bahn verwundert.

„Weil die hier sind und der Kollege von der DZ die Meldungen der Polizei über den Toten im Nordpark mitbekommen hat", antwortete Waldhausen ruhig, „nun mach' schon, informiere dich! Wir treffen uns um neun im Büro."

Nachdenklich legte sich Bahn aufs Bett zurück und betrachtete Gisela, die ruhig und fest atmete. Sie lag auf dem Bauch, ihre lange, blonde Löwenmähne bedeckte ihren nackten Rücken. Sollte er sich nicht lieber noch einmal eng an sie anschmiegen und die Augen schließen? Doch dann war seine journalistische Neugier größer, seufzend wollte er sich erheben.

„Na, du mein Bräutigam", hörte er die schnurrende Stimme von Gisela neben sich, „lass' mich in deine Arme", bat sie und drängte sich an ihn, „komm' zu mir."

„Geht leider nicht", bedauerte Bahn, „ich muss zu den Toten." Schweren Herzens stand er auf, sprang kurz unter die Dusche und eilte nach einem hastigen Frühstück während des Anziehens seiner Jacke zum Escort.

Es fiel ihm immer wieder auf, dass er vor seinem Haus zunächst nach seinem Porsche suchte. Aber diese Zeiten waren wohl fürs Erste vorbei; ein Porsche stand ganz hinten auf der Liste, noch weit hinter Kinderwagen, Kinderzimmer, Kombi für die Familie.

Danach könne er wieder von einem Sportwagen träumen, hatte Gisela gesagt, und Bahn wollte ihr nicht widersprechen. Er war froh, Gisela zu haben. Sie hatte ihn geformt, seine Macken glatt gebügelt, ihn oft genug auf den Boden der Realität zurückgeholt, wenn er wieder einmal abgehoben hatte. Sie hatte für ihn auf vieles verzichtet, seinetwegen hatte sie nach dem Studium die angebotene Referendarstelle im Sauerland nicht angenommen und jobbte nunmehr gelegentlich.

Doch sie sprach nicht davon. Sie hatte sich für dieses Leben entschieden und war mit ihrer Situation zufrieden.

Und sie hatte ihren eigenen Stolz. Bahn musste sie mit Respekt behandeln, sonst ließ sie ihn fallen. Er hatte schmerzlich erlebt, wie es war, wenn Gisela sich von ihm zurückzog.

Angewiesen auf ihn oder gar abhängig vom ihm war Gisela nicht, für ihre finanzielle Unabhängigkeit hatte sie mit ihren Eltern gesorgt.

Für Bahn stand fest, er wollte und konnte nicht mehr ohne diese Frau sein.

Bahn kam gerade noch rechtzeitig im Nordpark an, um auf die Polizisten zu treffen und die Leichenbestatter, die den Toten einsargen wollten.

65

„Der ist so tot, toter geht's nimmer", sagte einer der Polizisten zu Bahn, als der Journalist ihm zum Gruße die Hand entgegenstreckte. „Der hat sich mit Heroin vollgepumpt bis zum Stehkragen." Der erfahrene Polizist deutete auf eine alte, hölzerne Bank. „Das Zeug liegt hier noch herum, Spritze, Löffel, Feuerzeug, Lederriemen, alles, was der Fixer von heute so braucht", bemerkte er zynisch. Fragend sah er Bahn an. „Machst du mir ein paar Bilder von dem Zeug und dem Typen?"

„Kein Problem." Bahn nickte bereitwillig und machte die Nikon fertig. „Was willst du wie?" Er schaute sich um. „Übrigens, wo ist der Krupp von der DZ?"

Den habe er wieder weggeschickt, antwortete der Polizist, während er Bahn zeigte, welche Motive er fotografieren sollte. Das sei wohl ein Selbstmord und damit kein Fall für die Presse, habe er dem DZ-Journalisten verdeutlicht. Krupp sei daraufhin wieder abgezogen.

„Ist es denn Selbstmord?"

„Ich weiß es nicht, Helmut." Der Polizist beobachtete Bahn bei der Arbeit. „Ist es Selbstmord, wenn sich ein Rauschgiftsüchtiger eine zu hohe Dosis verpasst? Oder ist es dann ein Unfall?"

Darüber zu diskutieren, empfinde er als müßig, entgegnete Bahn. Es sei jedenfalls schlimm, tatenlos mit ansehen zu müssen, wie ein junger Mensch sich langsam zum Todeskandidaten entwickele. „Macht den Sarg wieder auf", bat er die Mitarbeiter des Bestattungsunternehmens, die bereitwillig seiner Bitte nachkamen.

Der Tote war noch nicht einmal dreißig, schätzte Bahn den Mann mit den strähnigen blonden Haaren und dem ungepflegten Bart in der abgewetzten Kleidung. „Der war am Ende", urteilte er.

„Körperlich und finanziell", ergänzte der Polizist, „der war abgemagert bis auf die Knochen und hatte gerade noch 20 Pfennige bei sich."

„Kennt ihr den aus eurer Arbeit?", fragte Bahn neugierig.

„Ja", bestätigte der Ordnungshüter, „das ist einer von den Typen, die in kleinen Mengen Rauschgift verkaufen, um für sich selbst Stoff kaufen zu können. Bei denen ist es immer nur eine Frage der Zeit, bis die den endgültigen Abgang machen."

„Dann sei doch froh, dann habt ihr jetzt ein Problemkind weniger."

„Hast du keine Ahnung oder tust du nur so dumm, Helmut?", fragte der Polizist ungehalten. „Der nächste Süchtige steht doch schon in den Startblöcken, um den Job zu übernehmen und als Kleindealer ein wenig länger zu leben." Er schüttelte nachdenklich den Kopf. „Das ist ein Fass ohne Boden, wer abnibbelt, wird auf der Stelle ersetzt."

„Von wem?"

„Von den Zwischenhändlern, von der mittleren Ebene, von den Kleinhändlern, die sich das Zeug beschaffen und an die Süchtigen vertreiben. Das ist ein verdammt unübersichtlicher Sumpf, in dem man verdammt schnell verloren gehen kann, mein Freund."

„Und nicht wieder auftaucht?"

„Doch", widersprach der Polizist, „aber in aller Regel als Leiche."

„Wohin damit?" Der Fahrer des Leichenwagens unterbrach ihr Gespräch. „Zu den anderen zur Obduktion?"

Der Polizist bestätigte und Bahn wurde hellhörig.

„Welche anderen?", fragte er, „meinen Sie etwa Rita und Rolf?"

„Nicht nur", erhielt Bahn zur Antwort, „heute, kurz nach Mitternacht, haben wir schon einen Fixer abgeholt. Den hat ein Angler am Badesee bei Gürzenich gefunden." Die Bestatter nahmen die beiden Todesfälle in berufsmäßiger Sachlichkeit zur Kenntnis.

„Denen wird's bald zu kalt draußen, die suchen ein Dach über dem Kopf", kommentierte der Polizist zynisch. „Da waren die Kollegen der Nachtschicht draußen, ich habe nur davon gehört, mehr nicht." Ihm reichte es allemal. „Vier Drogentote von Donnerstag bis Montag, das macht überhaupt keinen Spaß mehr." Er sah dem Leichenwagen nach, beobachtete seine Kollegen, die die Fixerutensilien einsammelten, und verabschiedete sich von Bahn. „Bringst du die Bilder vorbei?"

Bahn nickte und blickte auf seine Armbanduhr. Es war schon zu spät, um nach Hause zurück zu fahren, und zu früh zum verabredeten Gespräch mit Waldhausen. In der Redaktion würde nur Fräulein Dagmar sitzen und ihn mit Fragen über die Hochzeit nerven.

Der Journalist entschloss sich, zu einer Tasse Kaffee ins „Piano" zu springen, dem Café an der Ecke der Oberstraße zur Pletzergasse, und hielt kurz inne, als er im hinteren Teil eine Bekannte namens Ingrid sitzen sah. Die zierliche Frau unterhielt sich angeregt mit einem Mann und grüßte noch nicht einmal zurück, als Bahn freundlich lächelnd an ihr vorbeiging.

Waldhausen wartete bereits in seinem Zimmer, als Bahn kurz nach neun in die Redaktion kam. Rasch hatte der Lokalchef seinen Bericht abgegeben. „Gleiches Strickmuster wie beim ersten Mal. Die Bewohner sind wach geworden, als die Flasche durchs Fenster ins Zimmer flog. Sie haben den kleinen Brand gelöscht und die Polizei alarmiert. Der Sachschaden ist gering."

„Und bei dir?" Waldhausen betrachtete konzentriert seinen Kollegen. Er hatte sich in seinem Sessel zurückgelehnt, die Füße auf die Tischplatte gelegt und die Hände im Nacken verschränkt.

Schweigend hörte er zu, als Bahn durchs Zimmer wandernd berichtete.

„Es ist immer dasselbe", sagte er anschließend, „ein Toter kommt selten allein." Waldhausen richtete sich auf. „Was willst du jetzt tun?"

Bahn hatte mit seiner Wanderung durchs Zimmer aufgehört und sich in den Besuchersessel gesetzt. „Abwarten und sehen, was im Polizeibericht steht. Und wenn ich Glück habe, fehlt darin der Drogentote von heute Nacht." Es wäre nicht das erste Mal gewesen, dass die Nachtschicht ihren Einsatzbericht erst beim Dienst am nächsten Abend schrieb. „Dann haben wir wieder eine Information mehr als die anderen. Ich werde aber auf jeden Fall meinen zukünftigen Vetter heute Nachmittag anrufen. Der muss doch endlich einmal mit den Obduktionen zu Potte kommen."

„Apropos anrufen", fiel es Waldhausen ein, „kurz vor neun hat dein neuer Freund Wassermann angerufen. Du könntest ihn in Marburg erreichen." Der Lokalchef grinste. „Das müsstest du eigentlich der Polizei melden. Die suchen den Typen doch."

Er werde mit Küpper reden, versicherte Bahn, bevor er in sein Zimmer ging und sich vor den Computer setzte.

Die Zeitung für Dienstag würde sich mit dem Rest vom Wochenende füllen, dafür war der Kollege vom Sonntagsdienst zuständig. Waldhausen würde sich schon darum kümmern, dass auch für ihre aktuelle

70

Berichterstattung Platz im Blatt sein würde. Er konnte gelassen und ohne Druck seinen Dienst schieben, freute sich Bahn, als er seine Privatnummer ins Telefon tippte.

Gisela nahm ihm den plötzlichen Aufbruch am Morgen nicht übel. Ohnehin hatte sie in der letzten Zeit viel mehr Gleichmut für seine Arbeit und mehr Verständnis für seinen Beruf entwickelt, nachdem er fast vor ihren Augen weggestorben war. Nach diesem Ereignis war ihre Beziehung so fest geworden, dass sie unverbrüchlich war, jetzt waren sie endlich so weit, dass sie vor den Traualtar treten konnten, Bahn ebenso wie Gisela.

„Hauptsache, ich stehe nicht allein vor dem Standesbeamten", lachte sie nur, „wenn das geschieht, sind wir geschiedene Leute."

Bahns Versuch, Wassermann zu erreichen, schlug fehl. In Marburg nahm eine junge Frau den Hörer ab, die Bahn erklärte, Wolfgang sei wohl in der Uni. Er solle es am Abend noch einmal versuchen.

Auch mit Küpper kam er nicht ins Gespräch. Sein Freund hatte keine Zeit für ihn. „Hier jagt eine Krisensitzung die nächste und heraus kommt nichts, allenfalls eine zusätzliche Arbeitsgruppe." Er wäre lange nicht mehr bei Brauweilers Max gewesen, sagte der Kommissar. „Ich lade dich zum Kölsch ein, so um 17 Uhr."

71

Bahn ging ins Labor und entwickelte den Film für die Polizei. Noch einmal ließ er die Geschehnisse um die vier Toten an sich vorbeiziehen. ‚Von der Rauschgiftszene in Düren habe ich keinen blassen Schimmer‘, sagte er sich ehrlich. Er hatte sie verdrängt. Von dieser Welt wollte er nichts mehr wissen, obwohl ...

Der Journalist biss sich fest auf die Lippe. ‚Manchmal bin ich ein Vogel Strauß‘, sagte er sich, der den Kopf in den Sand steckt und tatsächlich glaubt, alles um ihn herum sei friedlich und still.

Kirmes und Karneval, das war Bahns Welt, da war er als Journalist beheimatet, da fühlte er sich wohl. Aber auch diese vermeintliche überschaubare, heile Welt hatte Risse bekommen. Er erinnerte sich schmerzlich an den alten Haudegen der Annakirmes, Kirmes-Schmitz, oder auch an Lennet Kann, der in Aachen bei einer Karnevalssitzung entführt worden war. ‚So eine Geschichte im Karneval fehlt mir noch zu meinem Glück in Düren‘, dachte sich Bahn.

Die Kommunalpolitik interessierte ihn inzwischen zwar mehr als früher, war für ihn aber ein bisweilen dubioses Geschäft, in dem es nur um Macht und Machterhaltung ging. Da war es letztlich einerlei, welche Partei gerade das zeitlich befristete Kommando im Rathaus hatte.

‚Warum ist ein Mensch süchtig? Warum hängt ein Mensch an der Nadel? Warum kommt er nicht mehr davon?', fragte Bahn sich, als er die Bilder abzog, die den toten Fixer zeigten. Das waren Fragen, die nicht neu waren, auf die er aber nie eine Antwort erhalten hatte oder erhalten würde. Die Papierabzüge, die er jetzt trocknete, zeigten ihm nur die tödlichen Konsequenzen einer Sucht.

Bahn gestand sich noch einmal ein, herzlich wenig Ahnung vom Rauschgift oder der sogenannten Drogenszene zu haben. Er hatte, wie alle anderen Kollegen auch, immer wieder die Erfolgsmeldungen der Polizei abgedruckt, wenn sie eine größere Menge Rauschgift abgefangen hatte oder ihnen ein Dealer ins Netz gegangen war. Aber richtig mit der Problematik hatte er sich noch nicht beschäftigt.

,Wozu auch?', fragte er sich, ,ich habe meine eigenen Probleme, was soll ich mich da noch um die anderer Leute kümmern?' Er wusste, dass er es sich damit zu leicht machte. Er log sich mit dieser Einstellung in die eigene Tasche. Aber er ließ es dabei bewenden.

Am Nachmittag, nach Vorliegen des Presseberichts der Polizei, würde er die Fotos zur Aachener Straße bringen, beschloss er, als er zurück in die Redaktion kletterte.

Vielleicht konnte er bei dieser Gelegenheit neue, zusätzliche Informationen bekommen, die die anderen Zeitungen nicht hatten.

73

„Du sollst Küpper anrufen", überfiel ihn die Redaktionssekretärin, „und dann braucht dich dein Chef. Ohne dich ist der aufgeschmissen."

Ob Fräulein Dagmar diese Bemerkung ironisch meinte oder ernsthaft, wurde Bahn nicht klar. Er machte sich keine Gedanken darüber, als er Küppers Durchwahlnummer ins Telefon eintippte.

Der Bernhardiner kam gleich auf den Punkt. „Helmut, kennst du die Marburger Nummer von Wassermann?" Sie stünde in keinem Telefonbuch, wahrscheinlich lebe Wassermann in einer studentischen Wohngemeinschaft.

Bahn zögerte kurz. Wie war das mit dem journalistischen Ehrenkodex und dem Informantenschutz? Andererseits würde Küpper die Rufnummer irgendwann und irgendwie allein herausbekommen.

„Helmut, ich weiß, dass dir das nicht leicht fällt." Küpper hatte das Zögern des Journalisten richtig gedeutet. „Ich weiß aber, dass du garantiert Kontakt mit Wassermann hast, das brauchst du nicht zu leugnen. So weit kenne ich dich und deine Arbeit schon." Er lachte kurz auf. „Ich mache dir einen Vorschlag: Falls du mir nicht die Telefonnummer geben willst, dann bitte doch Wassermann wenigstens, er möge mich anrufen, egal, ob im Büro oder zu Hause."

„Warum willst du überhaupt mit ihm sprechen?", fragte Bahn neugierig.

Küpper lachte erneut laut auf. „Du bist gut. Du machst eine Riesengeschichte über seine Schwester und ihren Freund, bei der jedermann daran fühlen kann, dass die Informationen einschließlich der Bilder von Wassermann stammen müssen, und bestätigst anschließend Banken auch noch die Richtigkeit deiner Informationen. Dann willst du von mir wissen, warum ich Wassermann sprechen will?"

„Natürlich", antwortete Bahn nüchtern, „seit wann interessiert sich die Kriminalpolizei für den Bruder einer Selbstmörderin?"

„Stell' dich nicht so doof an, Bahn", brummte der Kommissar. „Als Zeuge kann er uns vielleicht die Hintergründe der Tat erhellen. Immerhin spielt die Geschichte zumindest mittelbar in das Rauschgiftmilieu. Vielleicht kommen wir über Wassermann weiter bei der Suche nach den Typen, die das Heroin an Rita und Rolf verkauft haben."

„Du glaubst wohl noch an den Weihnachtsmann, mein Freund", meinte Bahn ungläubig.

„Nein", antwortete der Bernhardiner, „aber nichts wissen kann durch glauben erleichtert werden."

Diese Philosophie war Bahn zu hoch, er entschied sich, schweigend darüber hinwegzuhören.

„Also, was ist, Helmut?" Küpper bat ihn nochmals und lockte ihn: „Du bekommst von mir auch garantiert die Obduktionsergebnisse."

„Hast du die schon?" Bahn wurde hellhörig.

„Noch nicht. Aber du bekommst sie garantiert und sofort vor allen anderen."

„Alle vier?"

Küpper wusste nicht, worauf der Journalist hinaus wollte und Bahn musste ihn über den nächtlichen Drogentoten vom Badesee aufklären. „Der liegt noch auf dem Schreibtisch der Nachtschicht."

„Na gut", willigte der Kommissar ein, „du bekommst alle, sobald ich sie vorliegen habe. Ich rufe dich an." Bereitwillig gab Bahn ihm daraufhin die Telefonnummer in Marburg.

Er war zufrieden, als er nach dem Telefonat zu Waldhausen ging. „Was kann ich für dich tun, mein Chef?"

Waldhausen funkelte ihn gereizt an. „Ganz Düren ist ein Tollhaus wegen der Anschläge. Da meint jeder Hinz und Kunz, eine Presseerklärung abgeben oder eine Aktion machen zu müssen." Er habe zwar nichts dagegen, wenn Pax Christi zu einer Mahnwache vor dem Asylantenheim aufrufen würde und die Nachbarn in einer gemeinsamen Aktion das Haus der Marokkaner wieder auf Vordermann bringen und die Brandspuren beseitigen wollten. „Davon könntest du mir übrigens heute bitte Fotos machen", fügte er ein und war froh, als Bahn zustimmend nickte. „Aber was sich unsere Politiker erdreisten, ist schon eine Unverschämtheit. Hier!"

Waldhausen schob Bahn einen Stapel von Faxen zu, die er interessiert durchblätterte.

„CDU, SPD, FDP, die Grünen und Walter, sie alle wollten Pressekonferenzen abhalten. Und was kommt dabei heraus außer leeren Worten? Nichts", schimpfte der Lokalchef weiter. „Ich gehe da nicht hin", sagte er entschlossen.

Bahn grinste ihn an. „Und was machen deine Kollegen von den anderen Zeitungen? Gehen die etwa auch nicht hin?"

Das wütende Funkeln in Waldhausens Augen wurde noch stärker. „Sollen sie doch, ich jedenfalls gehe nicht dahin!"

Bahn schwieg dazu. Der Lokalchef würde notgedrungen zu den Politikern gehen, da war er sich sicher. Waldhausen ärgerte sich nur, dass ihn die Politiker durch ihre Schauveranstaltungen vereinnahmten, aber er musste dahin. Das Tageblatt konnte es sich nicht erlauben, fern zu bleiben, wenn alle anderen Zeitungen an den Pressekonferenzen teilnahmen.

„Ich gehe zur Mahnwache und zur Aktion der Nachbarn", sagte Bahn beschwichtigend, „das ist damit schon einmal von deinem Tisch, und wenn sonst noch etwas ist, dann sage es mir ruhig. Ich habe noch etwas Kapazität frei."

Dankend lehnte Waldhausen ab. Das Gespräch mit Bahn hatte ihm als Ventil gedient und geholfen. „Kümmere dich lieber um die Rauschgiftszene in

Düren. Vielleicht steckt da noch eine neue, noch nicht geschriebene Geschichte drin", schlug er vor.

Bahn war verblüfft. Wieso kam Waldhausen auf denselben Gedanken, den er auch schon hatte? Selbst, wenn er nichts bei seiner Recherche herausbekommen würde, so konnte ein Versuch nichts schaden, dachte er sich.

An seinem Schreibtisch blätterte er durch die Zeitungsausschnitte zum Thema Rauschgift in Düren und Umgebung, die Fräulein Dagmar in ihrem Archiv gesammelt und für ihn herausgesucht hatte. Es handelte sich tatsächlich, wie Bahn schon vermutet hatte, in aller Regel um Polizeimeldungen oder allgemein gehaltene Warnungen von Behörden oder sozialen Gruppen vor Drogenmissbrauch und Abhängigkeit.

‚Wenn man das so liest, kann man fast davon ausgehen, dass es bei uns gar keine Drogenszene gibt', dachte sich Bahn, um diese Schlussfolgerung sofort wieder zu verwerfen. Dann würde es auch keine Drogentoten, keine Festnahmen, keine Beschwerden von Eltern über weggeworfene Spritzen in Sandkästen auf den Spielplätzen geben. Aber groß und unüberschaubar, so schien nach den Zeitungsberichten die Szene in Düren nicht zu sein.

Woher aber hatten die vier den Stoff, der sie in den Tod beförderte? Eine Antwort auf diese Frage interessierte Bahn schon. Doch konnten ihm die archivierten Artikel dabei keinerlei Hinweise geben.

Solidarität

Der Schaden bei beiden Brandanschlägen war äußerst gering geblieben. Sowohl in dem Asylbewerberheim in Düren als auch in dem Wohnhaus in Birgel konnten nach einer Reinigung der Brandstellen und dem Durchlüften der Räume die Wohnungen wieder bewohnt werden.

Die Asylbewerber nahmen die Molotowcocktails schon fast mit Gleichmut hin. Man werde schon aufpassen, beruhigten sie die Bürger, die sich um sie sorgten. Es sei halt so, wie es ist, meinten sie fatalistisch. In ihrer Heimat hätten sie weitaus mehr zu leiden gehabt als in Düren. Irgendwann würde es schon wieder vorbei sein mit diesem Terror.

Die Kinder der marokkanischen Familie spielten am Nachmittag bereits wieder mit ihren Freunden aus der Nachbarschaft. Sie wurden von ihrer Tante betreut, während die Mutter mit einer leichten Rauchvergiftung und einem Schock noch für ein paar Tage im Krankenhaus bleiben würde.

Die Nachbarn kümmerten sich fürsorglich um die Kinder. Der feige Anschlag trieb ihnen beim Gespräch mit Bahn die Zornesröte ins Gesicht. Es war für sie einfach unverständlich, wie es in einem so betulichen Ort wie dem ihren zu so einer abscheulichen Tat kommen konnte, die dadurch nicht weniger kriminell wurde, dass der materielle Schaden behebbar blieb. Viel schlimmer war die negative Wirkung, die von dem Brandanschlag ausging.

Mit der beschaulichen Ruhe in Birgel war es schon seit Samstag vorbei. Mehrere Fernsehsender und Rundfunkanstalten hatten sich im Ort eingefunden, beobachteten das Haus aus allen denkbaren Blickwinkeln, machten Reportagen am laufenden Band und hatten schon mehrfach Nachbarn vor Kameras und Mikrofone gezerrt, um von ihnen Betroffenheit zu erhaschen. Der Anschlag von Birgel wurde kurzerhand auf eine Ebene mit denen aus Mölln, Lübeck oder Solingen gestellt, bei denen zahlreiche Menschen gestorben waren.

Nach den ersten, aufheizenden Berichten in diversen Privatsendern waren sogar schon Schaulustige aus Aachen, Köln und Düsseldorf nach Birgel gekommen, um enttäuscht wieder fort zu fahren. Man sehe ja gar nichts, hatten sie sich beim Gastwirt beschwert. Da würde sich eine Fahrt zum Asylbewerberheim bestimmt auch nicht lohnen.

Nach einigen Tagen wäre der Spuk bestimmt vorbei, hatte Bahn versucht, den Kneipier zu trösten. „Dann spricht kein Mensch mehr darüber."

So dachte nicht nur der Journalist, so hofften es auch die Bewohner von Birgel. Sie würden zwar in der nächsten Zeit aufmerksamer und argwöhnisch auf Fremde achten, die sich in den Straßen herumtrieben, aber sie gingen eigentlich davon aus, dass bald wieder die Normalität bei ihnen einziehen würde.

Daher wunderte Bahn sich nicht weiter, dass in den Presseberichten der Polizei zu den Brandanschlägen lediglich erklärt wurde, es gebe keine neuen Erkenntnisse.

Wenig ergiebig war auch die Mitteilung zu den Drogentoten. Der im Nordpark tot aufgefundene Süchtige war ein 25-jähriger, arbeitsloser Mann, der zwar in der Wohnung seiner Eltern in Derichsweiler gemeldet war, aber dort seit Monaten nicht mehr gesehen worden war. Bei der Polizei war der Verstorbene als Kleinkrimineller bekannt; er fiel unter die Kategorie Beschaffungskriminalität und Verstöße gegen das Betäubungsmittelgesetz, womit die Polizei das Dealen mit kleineren Mengen Rauschgift umschrieb.

Zum Toten vom Gürzenicher Badesee war die Auskunft nicht ausführlicher. Hier handelte es sich um einen Mann Anfang 30, Student mit einem angegebenen Wohnsitz in einem Aachener Studentenwohnheim, aber in der Regel in Düren unterwegs. Auch er war mehrmals wegen Beschaffungskriminalität vor dem Kadi gelandet und zu kleineren Strafen verurteilt worden.

„Schade", bedauerte Bahn im Gespräch mit Wald-hausen, als sie die Polizeimeldungen durchforste-ten, „dass die den Toten von Gürzenich schon ge-meldet haben." Aber immerhin habe er noch die Obduktionsberichte in Aussicht, die er den anderen Journalisten zuvor hatte, tröstete er sich. Damit könnte er der Konkurrenz wieder etwas vorsetzen. „Es ist schön, wenn die immer hinterherhinken", sagte er zu seinem Lokalchef, der in seinem Sessel hing und müde lächelte.

„Und was bringt uns das? Kein einziger Zeitungsle-ser wechselt das Blatt, nur weil wir aktueller und schneller sind als die anderen. Das bekommt der normale Leser doch überhaupt nicht mit." Wald-hausen schlürfte an seinem Kaffee, den ihm Thea ins Zimmer gebracht hatte. „Die meisten wollen doch nur lesen, wie schlimm es da draußen in der weiten Welt ist und wie schön vor der eigenen Haustür."

Damit sei es momentan ja wohl vorbei, hielt Bahn dagegen. Vier tote Süchtige, zwei Brandanschläge, und das innerhalb weniger Tage, da breche jede heile Welt zusammen. „Und was sagt unser aller Bürgermeister dazu?" Bahn wusste, dass er mit die-ser Frage Waldhausen aufziehen konnte. „Der fin-det das doch bestimmt erschütternd, oder?", sti-chelte er.

Aber Waldhausen winkte gelangweilt ab. „Der hat dasselbe gesagt wie die Parteien. Es sei schrecklich, was geschehen sei, man sei aber als Politiker machtlos vor so viel menschlicher Unvernunft. Die Bürger müssten intensiver auf ihre ausländischen Mitbürger Obacht geben, obendrein müsste die Polizei vermehrt Streife fahren." Der Lokalchef lächelte gezwungen. „Man müsse Solidarität demonstrieren. Selbstverständlich will Walter alle Schritte unternehmen, damit unbürokratisch geholfen wird. Er hat auch die Einrichtung eines Spendenkontos angeregt."

„Und was wird konkret getan?", fragte Bahn spitz.

„Nichts", antwortete Waldhausen. „Man ist erschüttert und hat für nichts anderes Zeit, als sich in seiner Erschütterung zu ergehen. Außerdem müsse man die Ermittlungen abwarten, ehe man aktiv werden könne."

„Hat denn Walter wenigstens etwas zu den Drogentoten gesagt?"

„Kein einziges Wort", antwortete Waldhausen. „Wir haben ihn aber auch nicht danach gefragt", schränkte er ein.

Das Klingeln des Telefons unterbrach ihr Gespräch. Thea hatte Wassermann für Bahn an der Leitung. Waldhausen übergab ihm bereitwillig den Hörer und schaute Bahn konzentriert an, als könne er so selbst aktiv am Telefonat teilnehmen.

Bevor er es vergaß, sprach Bahn den Studenten zunächst auf Küppers Bitte an. „Ich habe ihm Ihre Rufnummer in Marburg gegeben."

83

Wassermann hatte keine Bedenken. „Der kann mir dann wenigstens sagen, wann die Beerdigung ist, oder wissen Sie es?", sagte er.

Bahn verneinte. Daran hatte er noch keinen Gedanken verschwendet. „Zunächst müssen die Leichen nach der Obduktion freigegeben werden", sagte er, um schnell hinzuzufügen, dass die Obduktionsberichte immer noch nicht vorlägen.

„Dauert das immer so lange?", fragte Wassermann überrascht.

Aber Bahn konnte ihm keine Antwort geben. Damit hatte er sich noch nie beschäftigt.

Ob es sonst noch etwas Besonderes in Düren gebe, wollte Wassermann wissen.

„Es gibt zwei weitere Drogentote", sagte Bahn bereitwillig und schilderte den Fund der beiden Leichen.

„Wissen Sie zufällig ihre Namen?"

„Nein", antwortete Bahn. Er hatte nur die allgemeinen Daten parat. Warum fragte ihn der Student danach?

„Es hätten ja Bekannte von Rita und Rolf sein können. Ich hatte Ihnen ja gesagt, dass Rolf heroinabhängig war. Es können doch Typen aus der damaligen Zeit gewesen sein", meinte Wassermann zur Erklärung. Seine Schwester hätte ab und zu ein paar Namen genannt, die ihm aber nicht mehr so geläufig seien.

Doch Bahn musste dem Studenten wieder eine Antwort schuldig bleiben. Nach einem kurzen Gruß legte er auf.

„Ich glaube, der hat den Tod seiner Schwester noch gar nicht richtig kapiert. Irgendwie läuft das so neben ihm ab", bemerkte er nachdenklich zu Waldhausen.

Der Lokalchef nickte bestätigend und schaute aus dem Fenster. „Die Langzeitwirkung kommt noch." Er wusste, wovon er sprach, und auch Bahn stellte erschrocken fest, dass es so war. Thea war das nachhaltige Beispiel dafür gewesen.

In der Polizeiinspektion wurde der rasende Reporter, wie die Polizisten Bahn intern schmunzelnd bezeichneten, zuvorkommend begrüßt. Für ihn gab es in der Regel keine verschlossenen Türen, er konnte ohne Voranmeldung überall hin. Seine Fotos aus dem Nordpark vom Morgen nahm eine Sekretärin entgegen mit der Versicherung, sie würde sie ganz bestimmt am nächsten Tag an die Kollegen weiterleiten.

Ein Beamter, der schon seit Jahren bei der Verkehrsunfallbearbeitung hängen geblieben war, wollte ihn unbedingt in seinem Büro zu einem Kaffee einladen und schwatzte ihn mit Statistiken zu.

„Ich will etwas über Rauschgift wissen", sagte Bahn schließlich genervt. „Wer weiß da etwas?"

Entgegenkommend telefonierte der Polizist durch das Amt. „Der zuständige Kollege der Kripo ist gerade im Urlaub", bedauerte er.

„Und sein Stellvertreter?"

„Vertreter, was ist das?", fragte der Polizist ironisch. Im Rahmen der allgemeinen Einsparmaßnahmen seien Vertreter längst abgeschafft worden. „Rauschgiftdelikte werden im Moment von unserer Allzweckwaffe behandelt."

Bahn stand auf und verabschiedete sich, er wusste genug. Es gab nur einen bei der Kriminalpolizei in Düren, der überall einsetzbar war: der Bernhardiner.

Als Bahn auf den Flur einbog, der zu Küppers Zimmer führte, sah er Banken, der lauthals einen geruhsamen Feierabend wünschte, rückwärts aus der Zimmertür treten. Schnell sprang Bahn zurück und er hatte Glück, dass ihn Banken, der in die andere Richtung davoneilte, nicht bemerkt hatte.

Ohne anzuklopfen, betrat Bahn schnell Küppers Büro.

Der Kommissar saß an seinem Schreibtisch und las in einer Akte. „Du kommst keine Minute zu früh. Ich habe gerade erst von Banken alle vier Obduktionsergebnisse bekommen", sagte Küpper, der noch nicht einmal aufgesehen hatte, als sich seine Tür öffnete. Er war schon von der Zentrale über seinen bekannten Besucher informiert worden.

„Ich habe es mir gedacht", meinte Bahn.

„Komm!" Der Kommissar war aufgesprungen und eilte ins Nebenzimmer, um dort die Berichte zu kopieren. „Wehe, du gehst damit hausieren!", drohte er Bahn, während er die Blätter durch das Kopiergerät jagte.

„Nur keine Panik", beruhigte Bahn ihn. „Es bleibt unter uns. Hat denn mein zukünftiger Vetter etwas Weltbewegendes von sich gegeben?"

„Nein", antwortete Küpper, „der blickt nicht durch. Ich übrigens auch noch nicht." Mit einem verlegenen Lächeln überreichte er dem Journalisten die Kopien.

„Ich mache uns noch einen Kaffee", schlug er vor, „geh schon vor!"

Neugierig ließ sich Bahn in der Besucherecke nieder. Er verstand nicht viel vom Fachchinesisch des Mediziners. Allerdings war das Ergebnis in allen vier Todesfällen eindeutig. Bei Rita und Rolf hatte der Gerichtsmediziner Erstickungstod durch Strangulation diagnostiziert, wobei sich beide Todesopfer in einem durch Heroin verursachten Rauschzustand befanden. Rita wies einen Injektionseinstich in der rechten Ellenbeuge auf, bei Rolf waren mehrere Einstiche aufgezählt.

„Dies lässt", so behauptete der Mediziner, „den Schluss zu, dass der Mann der unerfahrenen Frau das Heroin injizierte und sich dann die Spritze setzte. Allem Anschein nach war die Frau vorher nicht mit Rauschmitteln dieser Art in Verbindung

87

gekommen, anders als der Mann, bei dem bereits krankhafte Veränderungen von inneren Organen erkennbar sind."

Auch bei den anderen beiden Todesopfern hatte die Obduktion ergeben, dass sie zum wiederholten Male Heroin konsumiert hatten. „Ausschlaggebend für das Ableben war wahrscheinlich nicht die Dosis des Rauschgifts, sondern der Zustand." Das Heroin war, wie nach der chemischen Untersuchung festgestellt worden war, hochgradig verunreinigt, was letztlich zu einem Vergiftungstod geführt habe, wie der Mediziner meinte.

„Das ist ja ein Ding", sagte Bahn verblüfft zu Küpper, als dieser mit den gefüllten Kaffeetassen in das Zimmer zurückkam. „Die Tode von Rolf und Rita stehen anscheinend in keinem Zusammenhang mit den beiden anderen."

„So sieht es jedenfalls aus", bestätigte der Kommissar. „Da hat einer die beiden Jungs mit Dreck versorgt, während Rolf und Rita beste Ware konsumierten."

„Habt ihr denn herausbekommen, wer die vier mit Stoff beliefert hat?"

Der Bernhardiner blickte Bahn betrübt an, während er an seinem Kaffee schlürfte. „Wie denn? Da blickt doch keiner mehr durch, wer von wem was bekommt."

„Was ist mit den beiden Typen?", wollte der Journalist wissen.

„Im Prinzip sind das arme Schweine gewesen", antwortete der Kommissar, „die hingen an der Spritze und wurden von den Dealern gemolken. Das bisschen, das sie selbst gedealt haben, fällt fast nicht ins Gewicht." Der Kommissar seufzte. „Da bleibt uns nur die Warnung an die Öffentlichkeit, dass verunreinigtes Heroin in Umlauf ist. Das wiederum bedeutet, dass der Markt in Bewegung kommt. Man versucht, neue, saubere Ware zu bekommen, und prompt steigt der Preis, was wiederum bedeutet, dass es mehr Beschaffungskriminalität gibt. Das ist eine Kette ohne Ende."

„Und ihr seid machtlos?"

„Hier, vor Ort schon", bestätigte Küpper, „was wir hier machen, ist der unergiebige Kleinkram. Das ist reine Beschäftigungstherapie. Parallel zu unserer Arbeit gibt es auf nationaler und internationaler Ebene ständig Untersuchungen und Ermittlungen, von denen wir überhaupt nichts wissen. Da fuhrwerken irgendwelche Sondereinsatzkommandos herum und irgendwann kommt dann wieder vom BKA die Order, wir sollen irgendeinen Typen verhaften oder eine Wohnung observieren oder ein Lager ausheben." Der Kommissar gab nicht zu erkennen, ob er diese Situation bedauerte oder nicht. Er deutete auf die Dürener Zeitung, die auf dem kleinen Tisch lag. „Das ist ein typisches Beispiel." Er zeigte auf einen Artikel auf der Titelseite. „Da werden in

Herzogenrath-Kohlscheid 200.000 Ecstasy-Tabletten sichergestellt, nachdem BKA-Beamte tätig geworden sind. Wir kriegen hier davon nichts mit."

Bahn überflog den Artikel und ärgerte sich, dass das Tageblatt nichts über den größten Tablettenfund in Deutschland seit 1994 gemeldet hatte. Da zeigte sich einmal mehr der Nachteil, den das aus Köln angelieferte Tageblatt gegenüber den Zeitungen aus der Aachener Region hatte. Er konnte die Kripo durchaus verstehen, die lieber die DZ als das DTB abonniert hatte.

Er wechselte das Thema. „Was passiert denn jetzt mit Rolf und Rita und den beiden anderen?"

„Was soll da groß passieren?", antwortete der Bernhardiner mit einer Gegenfrage. „Da es keine Anzeichen für ein Fremdverschuldung oder ein Tötungsdelikt gibt, werden wir die Angelegenheit zu den Akten geben." Küpper erhob sich aus dem Besuchersessel und ging zu seinem Schreibtisch. „Wir würden uns nur noch mehr verzetteln, wenn wir uns noch länger mit den Toten beschäftigen würden."

Bahn war erstaunt. Er hatte bislang nicht erlebt, dass der Kommissar so schnell resignierte. Aber wahrscheinlich hatte der Freund Recht. „Wer kann mir denn etwas über die angebliche oder tatsächliche Rauschgiftszene in Düren sagen, wenn nicht die Polizei?"

„Frag doch bei den Jugend- und Sozialämtern von Kreis und Stadt nach", schlug Küpper vor, „die können dir vielleicht Informationen geben. Oder sprich einen Lehrer an."

Das scheint ein Weg zu sein, dachte sich Bahn, der sich ebenfalls erhob.

„Hast du inzwischen schon Wassermann in Marburg angerufen?", fragte er, bevor er sich verabschiedete und zum Ausgang ging.

Küpper nickte. „Kann ja nichts schaden, wenn ich einmal mit ihm spreche. Der kann sich dann auch um die Formalitäten für die Beerdigung kümmern."

„Übrigens", Bahn blieb stehen, „wo finde ich eigentlich die Fixer und Dealer?"

Der Bernhardiner lachte gequält. „Überall und nirgends in der Stadt. Es gibt aber garantiert bei uns eine Liste mit den Kantonisten. Ich besorge sie dir."

Gisela wusste einen weiteren Weg, der Bahn Informationen bescheren könnte. Als er ihr im Bett von seiner Absicht berichtete, mehr über die Szene zu erfahren, schlug sie vor, eine Freundin von ihr zu befragen. „Waltraud ist Lehrerin an einer Dürener Gesamtschule, die könnte dir weiterhelfen", sagte sie. „Sie hat mir letztens einmal angedeutet, dass der Rauschgiftkonsum und der Handel immer weiter auf die Schulen übergreift." Gisela versprach ihm, am nächsten Tag Kontakt mit ihrer Freundin aus gemeinsamen Studienzeiten aufzunehmen.

91

Bahn konnte sich die von Gisela angedeutete Problematik zwar nicht vorstellen, wollte es ihr aber nicht sagen. Er legte seinen Arm um sie und drückte sie an sich.

Doch sie schob ihn zurück. „Nicht vor der Ehe", scherzte sie und gab Bahn einen langen Kuss. „Schlafe gut, mein Prinz", sagte sie zärtlich, „und ruhe dich gut aus. Ich spüre, dass du heute Nacht wieder aus dem Bett geklingelt wirst."

Bahn war erschrocken, als er am Morgen vom Radiowecker aus dem Schlaf geholt wurde. Er hatte sich innerlich darauf eingestellt, dass das Telefon lärmen und Jansen ihn wecken würde.

Aber Gisela hatte Unrecht gehabt.

„Auf dich ist auch kein Verlass mehr", brummte er, als er sie in die Arme nahm. Er genoss es, noch einige Zeit mit ihr zu dösen und mit seiner Hand durch ihr langes, blondes Haar zu streicheln.

Nach einer Stunde warf ihn Gisela aus dem Bett. „Dein Chef wartet bestimmt auf dich und ich laufe dir garantiert nicht mehr weg."

Waldhausen hatte nicht auf seinen Kollegen gewartet. Er war schon wieder unterwegs und hatte Bahn eine Botschaft hinterlassen. „Lasse mir auf der Eins drei Spalten frei!", hatte er auf einen Zettel geschrieben, den er auf den Bildschirm von Bahns Computer geklebt hatte.

„Weiß einer von euch, was unser Chef macht?", rief Bahn fragend durch die Redaktionsräume.

„Das wissen wir doch nie", lästerte ein Kollege als Antwort zurück. „Der macht doch immer Alleingänge und kommt dann mit einer seiner Sensationsgeschichten an."

Wie Bahn befürchtete, wusste niemand, selbst Fräulein Dagmar nicht, wohin Waldhausen gegangen war. Er vermutete, dass der Lokalchef mit den Brandanschlägen beschäftigt war.

Tatsächlich hatte es am frühen Morgen wieder einen Anschlag auf das Asylbewerberheim gegeben; zur gleichen Zeit nach der gleichen Masche. Küpper informierte Bahn darüber.

„Mein Neffe rastet langsam aus", sagte er. Er hatte Bahn eine Namensliste mit Adressenangaben zugefaxt und ihn anschließend angerufen.

„Das sind unsere Freunde", erklärte er, um sofort wieder auf die Attentate zu sprechen zu kommen. „Der macht jetzt die Schutzpolizei an, weil sie nicht ausreichend das Heim observiert hätte."

„Stimmt's denn?"

„Blödsinn", knurrte der Bernhardiner. „Kannst du mir vielleicht einmal verraten, wie die mit fünf Streifenwagen in der Nacht in einem Gebiet vom Rursee bis nach Jülich alle potenziellen Gefahrenpunkte observieren können? Außerdem dürfen sich die Kollegen noch um die Verkehrsunfälle kümmern und um

Streitereien oder sonstige Nettigkeiten. Da kannst du unmöglich überall sein."

Bahn ließ die Behauptung im Raum stehen. Er hatte inzwischen die Namensliste überflogen. Die Namen sagten ihm nichts, darunter war kein ihm bekannter. „Ich vermisse Rita Wassermann", sagte er unvermittelt.

Doch konnte er den Kommissar damit nicht irritieren. Er hatte ebenso schnell wie Bahn den Themenwechsel gemacht. „Die junge Frau war ja auch eine Ersttäterin, die war bislang unbescholten."

„Und jetzt ist sie tot", kommentierte der Journalist. „So ist das Leben."

Bahn hatte das Gespräch mit Küpper gerade beendet, da rief auch schon Walters Büro an. Einer seiner Referenten lud zu einer Pressekonferenz in einer Stunde ein, später ginge es leider nicht, weil der Bürgermeister am Mittag einen dringenden Termin habe. Thema der PK sei der erneute feige Brandanschlag.

Er habe kein Interesse an einer dummen Laberei, pflaumte Bahn den Referenten an. Er solle gefälligst das Statement von Walter in die Redaktion faxen. Man könne nicht jedes Mal ehrfurchtsvoll springen, wenn Walter es wünsche.

Der Referent reagierte überhaupt nicht auf Bahns Ausfall. Er möchte den Redaktionsleiter sprechen, drängte er statt dessen energisch.

Bahn konterte sofort. Der Chef sei nicht im Hause und einen Stellvertreter gebe es nicht. „Wenn Walter etwas will, soll er faxen", wiederholte er und legte grußlos auf.

Wie der Journalist nicht anders erwartet hatte, lag mit Beginn der vermeintlichen Pressekonferenz, die wieder zu einem langen Monolog von Walter ohne Fragemöglichkeit werden würde, die mehrseitige Erklärung aus dem Rathaus vor.

Walter polterte in der ihm eigenen Art herum, zeigte sich entsetzt über die Skrupellosigkeit der hirnlosen Attentäter und über das Unvermögen der Polizei, die ausländischen Mitbürger zu schützen. Es müsse etwas geschehen, forderte er und erklärte sogleich, was er sich darunter vorstellte. Er werde höchstpersönlich das Heim bewachen und er hoffe, dass sich viele Mitbürger finden würden, die ihn bei diesem Akt der Solidarität unterstützten.

Mit keinem Wort erwähnte er, dass die Pax-Christi-Gruppe längst schon zu einer Mahnwache aufgerufen hatte.

Seiner Erklärung hatte Walter eine Einladung zu einem Fototermin beigefügt. Um Mitternacht wäre die beste Möglichkeit für die Presse, ihn vor dem Heim zu fotografieren.

„Da kann ich nicht", sagte Waldhausen trocken, als er kurz nach Mittag in die Redaktion kam. Nach einem kurzen Telefonat, das Bahn nicht weiter beachtet hatte, rief er im Rathaus an. „Ich kann erst um halb zwei heute Nacht. Und ich werde da sein", erklärte er einem der Bürgermeister-Referenten. „Ich werde mich freuen, dem Bürgermeister bei seiner Wache Gesellschaft leisten zu dürfen."

Er grinste böse, nachdem er das Gespräch beendet hatte. „Krupp will um halb vier zur Girbelsrather Straße fahren", sagte er zu Bahn. „Die Schau versalzen wir der Witzfigur ganz gewaltig."

Waldhausen hatte am Morgen am Asylbewerberheim seine Informationen gesammelt und war anschließend nach Birgel gefahren, wie er Bahn bereitwillig berichtete.

Die Mutter war nach dem Aufenthalt im Krankenhaus in ihr Wohnhaus zurückgekehrt und wurde von vielen Nachbarn nicht nur herzlich begrüßt, sondern zugleich auch von etlichen Journalistenteams umschwirrt. Aber sie wollte nichts sagen, konnte auch nichts sagen, da sie kein Deutsch spreche, wie ihr unmittelbarer Nachbar die Medienschar aufklärte, während sie sich in ihrem Haus versteckte.

Die Nachbarschaft hatte in den vergangenen Tagen ganze Arbeit geleistet. Das Haus war bezugsfertig, für Verpflegung war ausreichend gesorgt, nun warteten alle darauf, dass die Tante zurückkam, die die Kinder vom Kindergarten abholte.

Im Blitzlichtgewitter und vor den surrenden Kameras, die sich vor dem Hauseingang drängelten, nahm die Marokkanerin ihre Kinder in die Arme und verschwand anschließend mit ihnen im Inneren.

„Damit dürfte der Fall gehalten sein", mutmaßte Waldhausen. Er könne sich nicht vorstellen, dass es eine Wiederholung des Brandanschlags geben werde. „Da achten schon die Nachbarn drauf." Sie würden potenzielle Attentäter durch ihre Aufmerksamkeit abschrecken.

„Bislang ist es übrigens noch nicht gelungen, den Familienvater in Nordafrika ausfindig zu machen", sagte er, während er seine Notizzettel auf dem Schreibtisch ordnete, „der ist in der Wüste und bekommt nicht mit, was sich in Birgel abspielt."

„Ist der überhaupt in Marokko?", fragte Bahn misstrauisch. „Vielleicht geistert der hier herum und steckt hinter der Sache."

Waldhausen wies diese Vermutung zurück. „Das habe ich Küpper junior auch schon gefragt. Der Mann ist definitiv am Tag vor dem Brandanschlag in Frankfurt ins Flugzeug Richtung Heimat gestiegen und dort auch angekommen. Der hat damit garantiert nichts zu tun."

„Was ist denn mit der Schwester der Mutter?" Bahn wollte keine Möglichkeit auslassen, wenngleich er annahm, dass Waldhausen auch diese Frage schon gestellt hatte und sich auch bei ihr keine Verdachtsmomente ergeben hatten. „Die war doch bei dem Brandanschlag nicht im Haus. Zufall oder was?"

„Kein Zufall", antwortete Waldhausen, „auch die ist sauber. Sie besucht an jedem Wochenende ihren Verlobten in Köln. Sie hat ein einwandfreies Alibi." So habe es der Staatsanwalt ermittelt.

Der Anruf aus dem Büro des Bürgermeisters kam kurz vor Feierabend. Der Referent teilte kurz und bündig mit, die Wachaktion müsse entfallen, da Walter länger als erwartet bei seinem dringenden Termin aufgehalten würde und erst morgen nach Düren zurückkäme. Ein neuer Termin für eine Fotomöglichkeit werde rechtzeitig mitgeteilt.

„Also findet der nie statt", sagte Waldhausen grinsend. „Der Walter hatte doch vor, um Mitternacht seine Schau abzuziehen und kurze Zeit später ins warme Bett zu krabbeln. Oder glaubst du etwa, dass der die ganze Nacht an der Girbelsrather Straße herumgestanden hätte?"

Bahn sah keinen Grund, seinem Lokalchef zu widersprechen. „Der wandelt auf den Spuren unseres Regierungspräsidenten", hetzte er lediglich, „dem fällt es auch ein, mitten in der Nacht Polizeikontrollen anzuordnen und vielleicht dabei mitzumachen." Mit Vergnügen erinnerte er sich an die letzte Aktion des Regierungspräsidenten, der an einem Wochenende nachts um zwei Uhr in Düren Alkoholkontrollen durchführen wollte und die Presse dazu eingeladen hatte. Als alle Medien wegen des späten Zeitpunktes absagten, verlagerte der Bezirksfürst seinen Besuch in eine andere Region zu einer früheren Uhrzeit.

„Die wollen uns halt immer wieder zu ihren Hampelmännern machen", meinte Waldhausen, „und wenn wir nicht auf Kommando springen, sind sie beleidigt und ziehen sich schmollend zurück." Er grinste Bahn an. „Was wettest du dagegen, dass Walter den Termin nicht macht?"

Bahn hob abwehrend die Hände. Dagegen zu wetten machte keinen Sinn. „Du kannst die Wette gar nicht verlieren."

Er schwenkte auf ein anderes Thema um. „Nun sag mir endlich, was mit der Hochzeit ist." Gisela wollte unbedingt Thea als Trauzeugin, Waldhausen hatte aber für sich und seine Partnerin eine Wochenendreise nach Paris gebucht.

„Ich weiß es nicht", bekannte der Lokalchef. „Ich habe noch keinen Ersatz gefunden." Fast vorwurfsvoll sah er seinen Freund an. „Wie kannst du auch nur so plötzlich heiraten?"

Bahn schwieg, er wusste es besser.

Waldhausen hatte bei der Buchung der Reise nicht mehr an den Hochzeitstag gedacht. Thea hatte es Gisela gesagt und Thea wollte unbedingt zur Trauung kommen.

Schweigen

Bahn eilte in sein Zimmer, in dem nervend das Telefon unaufhörlich klingelte.

„Eine Frau Geller will dich sprechen", sagte ihm Thea und stellte die Verbindung her.

Bahn war irritiert, eine Frau mit dem Namen Geller kannte er nicht. „Was kann ich für Sie tun?", fragte er vorsichtig nach der Begrüßung.

Er könne sich mit ihr treffen, erhielt er zur Antwort. Sie sei Waltraud, die Freundin von Gisela, stellte sich die Unbekannte vor. Ob er Zeit für einen Kaffee im Stadtparkrestaurant hätte. Sie hätte momentan nichts vorliegen und könnte in einer Viertelstunde dort sein.

Spontan bestätigte Bahn die Verabredung.

„Ich habe ein Rendezvous mit Waltraud", rief er Thea zu, während er in der Garderobe nach seiner Lederjacke griff. „Verrate mich bitte nicht bei Gisela."

Pünktlich kam der Journalist am Stadtpark an. Im Eingang des Restaurants stand eine stämmige, grimmig umherschauende Frau, die nur wenig jünger war als er selbst. ‚Das muss Waltraud sein', dachte sich Bahn, ‚keine Schönheit; aber nicht jede Frau konnte so gut aussehen wie Gisela', sagte er sich. Bahn hatte gar nicht gewusst, dass diese unscheinbare Durchschnittsfrau seit der Studienzeit zu

Giselas Freundinnenkreis gehörte. ‚Na, ja, wir werden eben alle älter und verändern uns', meinte Bahn für sich.

Gegenseitig musterten sich die Frau und Bahn, der sich schließlich zu erkennen gab.

Ein flüchtiges, unsicheres Lächeln huschte über das Gesicht von Waltraud Geller. „Sie sind also Bahn", meinte sie vielsagend. „Und Gisela will Sie unbedingt heiraten?" Die Frau schüttelte missmutig ihren Kopf, dass das strähnige braune Haar ihr ins Gesicht flog. „Mir kommt kein Mann unter die Bettdecke, die denken doch nur an das Eine."

Bahn verzog die Mundwinkel, verkniff sich aber einen Kommentar. Vielmehr forderte er die Frau mit einer höflichen Handbewegung auf, ihn in das Restaurant zu begleiten, wo er zielstrebig einen Tisch ansteuerte und er ihr einen Stuhl unterschob.

„Na, ein Kavalier der alten Schule", sagte sie amüsiert, „oder ist das nur die Tarnung des Wolfes im Schafspelz?"

‚Zur Sache', stöhnte Bahn in sich hinein. Die Frau nervte ihn ganz gewaltig, der würde er gewiss noch nicht einmal im volltrunkenen Zustand zu nahe kommen.

„Was hat Gisela Ihnen denn gesagt?", fragte er höflich, während er einen Kellner heranwinkte.

„Ich soll Ihnen etwas über Rauschgift an den Schulen berichten", antwortete sie leise und sah sich unruhig um. Aber Waltraud Geller konnte unbesorgt sein, sie waren allein im großen Raum.

„Gibt's das überhaupt?" Bahn tat verblüfft. „Ich habe noch nie etwas davon gehört."

„Darüber redet auch niemand", flüsterte die Lehrerin, während sie unentwegt nervös um sich schaute. Offiziell gebe es selbstverständlich kein Rauschgiftproblem an den Schulen. Darüber würden die Schulleiter konsequent das Mäntelchen des Schweigens decken und sich auf den Formalismus zurückziehen.

„Ist ja auch klar und bequem, die Schüler dealen auch nicht auf dem Schulgelände, sondern davor, und dort haben wir keine Aufsichtspflicht." Sie habe sogar schon von einem Gymnasiasten gehört, der sich damit gebrüstet habe, extra die Klasse wiederholt zu haben, um ein Jahr länger mit Rauschgift an der Schule handeln zu können, behauptete die unzufriedene Frau.

Ecstasy-Tabletten, Haschisch oder anderes Zeug würden mehrfach in der Woche bei Schülern gefunden, fuhr sie fort. Schon mehrfach hätte sie Schüler aus der Klasse verweisen müssen, weil sei im Rauschzustand entweder störend oder geistig abwesend waren und dadurch den Unterricht beeinträchtigten.

102

„Was tun Sie denn dagegen, dass an Ihrer Schule gedealt oder konsumiert wird?", fragte Bahn interessiert.

Waltraud Geller nippte kurz an ihrer Kaffeetasse.
„Nichts", antwortete sie. „Was sollen wir auch tun?"
Zwar seien an etlichen Schulen Vertrauenslehrer tätig und würden Schulen und Behörden immer wieder Aufklärungsarbeit leisten, aber das nütze alles
nicht viel. „Wer einmal an den Suchtmitteln hängt,
der kommt nicht mehr davon los, und wer einmal
richtig Geld mit dem Teufelszeug verdient hat, der
hört nicht mehr damit auf." Ob er nicht unlängst
den Artikel in der DZ gelesen hätte?, fragte sie Bahn.
„Immer mehr Jugendliche greifen zu Drogen."

Bahn deutete mit einem Kopfnicken Verständnis an,
seinen Ärger zeigte er nicht. Auch das Tageblatt
hatte selbstverständlich über das Problem geschrieben.

Wenn die Frau Recht hat, hat sie Recht, sagte er sich
und erinnerte sich wieder schmerzlich an das eigene Erleben, das er längst verdrängt glaubte, das
ihm jetzt aber immer häufiger durch den Kopf
schoss.

Die stämmige Lehrerin schüttelte resignierend ihren Kopf. „Die Schule allein ist überfordert, um der
Sucht Herr zu werden. Der Kampf gegen die Drogen
muss viel früher, schon im Elternhaus, beginnen.
Aber da ist Hopfen und Malz verloren." Sie lehnte
sich in dem Stuhl zurück und winkte ab. „Die Eltern

sind zuerst fassungslos, dann meistens verständnislos und anschließend verbittert auf die Schule. Wir hätten die Kinder nicht mehr im Griff, werfen sie uns vor", beklagte sie. Waltraud Geller sah den Journalisten streng an. „Es sind nicht nur Schüler, auch Auszubildende, Lehrlinge, Zivildienstleistende, Wehrpflichtige, sie kommen alle einmal in die Versuchung von Rausch und Geld. Die meisten können widerstehen, einige erliegen der Versuchung, werden Opfer oder Täter der Sucht oder beides in einem."

Mit einem langen Blick auf die Uhr wollte die Lehrerin das Gespräch beenden. „Sagen Sie niemandem, dass ich mit Ihnen darüber gesprochen habe", bat sie Bahn, der sie verwundert ansah. „Einmal haben mir meine Lieben schon die Autoreifen zerstochen, als ich bei der Polizei eine Aussage gegen einen vermeintlichen Dealer an unserer Schule gemacht habe. Das ist mir Lehre genug."

Sie sah verbittert aus dem Fenster hinaus in den herbstlichen Park. „Sehen Sie die beiden Jungs da hinten?", fragte sie Bahn und deutete dabei nach draußen. „Die sind von unserer Schule, der eine dealt, der andere konsumiert und ich stehe machtlos daneben."

Sie könne doch die Polizei rufen und die beiden wegen Dealens oder so festnehmen lassen, schlug Bahn vor.

Doch die Lehrerin lachte nur gequält. „Ich sehe, dass Sie keinen blassen Schimmer von der Dramatik haben. Was wollen Sie denn bei den beiden Heranwachsenden finden? Sie können sie nicht auf frischer Tat ertappen. Der Dealer hat eine Portion bei sich als sogenannten Eigenbedarf, der andere hat Geld. Und wie wir beide wissen, darf jeder so viel Geld mit sich herumtragen, wie er will. Wie wollen Sie denn nun beweisen, dass die beiden einen Handel mit Rauschgift vorhaben? Die sagen Ihnen glatt ins Gesicht, dass sie nur einen Spaziergang entlang der Rur machen." Waltraud Geller streckte Bahn die Hand entgegen. „So haben Sie nie eine Chance", sagte sie mit einem Anflug von Resignation.

Sie ging und ließ Bahn im Restaurant stehen, ohne ihn zu fragen, ob er ihren Kaffee mitbezahlt.

„Du hast Freundinnen", neckte Bahn am Abend Gisela, als sie sich nach dem Gespräch erkundigte. „Erst will sie mir nichts sagen, dann kann sie mir nichts sagen." Es habe den Anschein, als gelte auch für sie das Vogel-Strauß-Prinzip: „Ich stecke den Kopf in den Sand und glaube, dass alles gut ist, weil ich das Schlechte nicht sehe."

Gisela widersprach: „Ich glaube eher, da spielen Enttäuschung und Ohnmacht eine Rolle und vielleicht auch etwas die Angst."

„Wie auch immer", sagte Bahn, „jedenfalls scheint es mir, als könnten an den Schulen, oder besser gesagt, vor den Schulen, die Dealer schalten und walten, wie sie wollen." Er schüttelte sich. „Damit genug für heute."

Im Laufe der vielen Berufsjahre hatte er es langsam, aber endlich gelernt, abzuschalten, in der Freizeit die Gedanken in den Hintergrund zu schieben, die er sich in seinem Beruf machen musste. Morgen früh würde er sich wieder um das Thema kümmern, jetzt war ihm danach, zu prüfen, ob Gisela ebenso wie Waltraud keinen Mann unter die Bettdecke ließ; ob sie mit ihrer Geschlechtsgenossin oder mit ihm solidarisch war.

Bahn hatte keine Hemmungen, nach Küppers Liste vorzugehen und sich nach der Kundschaft der Polizei zu erkundigen. Ihn faszinierte immer wieder aufs Neue, wie auskunftsfreudig die meisten Menschen waren, wenn er sich als Pressevertreter zu erkennen gab. Bei Rundfunk und Fernsehen war es noch schlimmer, da standen die Menschen sogar vor surrenden Kameras oder Aufzeichnungsgeräten stramm und gaben Informationen preis, als seien sie dazu verpflichtet.

Es waren meistens die Eltern, gelegentlich auch eine Schwester oder ein Bruder der registrierten Süchtigen, die Bahn bei den Telefonaten zu sprechen bekam. Aber immer wieder blieb es beim Wollen, ihn bei seiner Recherche zu unterstützen; die Süchtigen und Dealer waren zwar meistens in den Listen des Einwohnermeldeamtes bei den Familien gemeldet, aber lebten höchst selten auch dort.

Bahn hatte oftmals den Eindruck, als erhofften sich die Familienangehörigen von ihm Hilfe bei der Suche nach den untergetauchten Fixern.

Die von Küpper genannten Frauen und Männer waren meistens zwischen 20 und 40 Jahre alt, hatten alle kleinere Vorstrafen wegen Rauschgiftdelikten, Diebstahl und Hehlerei oder Prostitution auf dem Kerbholz und hatten in vielen Fällen sogar einen Entzug mitgemacht. „O.E.", wie es in einer Anmerkung daneben stand: „Ohne Erfolg".

Auf seine Frage, wo er denn den Sohn, die Tochter, den Bruder, die Schwester finden könne, erhielt Bahn fast stereotyp die Antwort: „Überall und nirgends." Eine dauerhafte Bleibe hatten die Wenigsten, sie schliefen entweder bei Freunden oder Bekannten, in den Parks auf Bänken oder sie lungerten in leer stehenden Gebäuden herum.

Nur in zwei Fällen hatte Bahn Glück.

Eine Mutter lud ihn zum Abendessen in ihre Wohnung nach Arnoldsweiler ein, dann käme auch ihr süchtiger Sohn. „Lesen Sie ihm ruhig gehörig die Leviten", forderte sie den Journalisten auf, „auf mich hört der sowieso nicht mehr."

Eine andere Mutter nannte ihm eine Adresse in Norddüren. „Dort haust meine Tochter, soviel ich weiß. Aber achten Sie auf Ihre Geldbörse. Die stiehlt alles, was nicht niet- und nagelfest ist."

Ob er ihren Namen nennen könne und Grüße ausrichten solle, fragte Bahn nach.

Aber die Frau lehnte ab. „Sie ist nicht mehr meine Tochter, wir haben sie abgeschrieben."

Bahn verstand nicht recht, was die Frau damit meinte. „Wieso?"

Sie lachte verbittert auf. „Wenn Sie feststellen, dass alle Sparbücher geplündert sind und das Konto überzogen ist, weil Ihre Tochter sich durch gefälschte Unterschriften das Geld verschafft hat, nur um dadurch ihre Sucht zu befriedigen, dann verlieren Sie irgendwann die Energie, ihr noch helfen zu wollen. Und wenn sie dann nach einem Entzug wieder an der Spritze hängt und Sie mit dem Messer bedroht, weil sie Geld haben will, dann müssen Sie einen Schlussstrich ziehen. Sonst gehen Sie selbst vor die Hunde." Die Frau seufzte kurz. „Sie hat uns bestimmt im Laufe der letzten Jahre um 30.000 Mark geprellt. Wir haben nichts mehr, nicht einmal mehr eine Tochter", sagte sie enttäuscht und legte auf.

Bahn war erschrocken über eine derart hartherzige Einstellung und vermutete zugleich, dass diese schroffe Haltung sein musste.

Das sei tatsächlich die einzig richtige, bestätigte ihm wenig später ein Jugendpfleger der Stadtverwaltung. Bahn hatte den Mann im Jugendamt angerufen und zur Dürener Drogenszene befragen wollen. „Es geht nicht anders", hatte ihm der Sozialarbeiter gesagt. „Die Fixer müssen erst bis zur Nasenspitze in der eigenen Scheiße stehen, dann wird ihnen vielleicht die eigene Situation bewusst", meinte er dramatisch. „Erst dann sind sie vielleicht zu einer Entziehungsmaßnahme bereit. Doch die Hälfte der Patienten wird erfahrungsgemäß wieder rückfällig, hängt wieder an der Nadel, wird arbeitslos, wenn überhaupt eine Arbeitsstelle vorhanden war, klaut zu Hause und draußen und verwildert immer mehr. Denen ist mit guten Worten und Mitleid nicht mehr zu helfen. Die wollen sich auch nicht mehr helfen lassen, die wollen nur eines von dir: Stoff." Er atmete tief durch. „Es hat gar keinen Zweck, sich weiter um diese Typen zu kümmern. Irgendwann sterben die, dagegen bist du machtlos." Man könne den Eltern und Verwandten in solchen Fällen nur empfehlen, ihre Kinder zu vergessen. „Es ist in deren eigenem Interesse." Alles andere habe keinen Sinn. „Wir können nur Angebote machen, wer diese Angebote nicht annimmt, muss wissen, was er tut. Wir haben genügend andere Schicksale, um die wir uns kümmern müssen."

„Aber so ein Drogensüchtiger weiß es doch nicht mehr, wenn er einmal im Teufelskreis der Sucht steckt", sagte Bahn nachdenklich.

„Doch", widersprach der Jugendpfleger, „er weiß es schon, aber er will nicht oder er will nicht mehr da heraus. Wer einmal einen Entzug hinter sich hat und wieder süchtig wird, der hat mehr Angst vor dem brutalen, schmerzhaften Entzug als vor dem Herointod. Da gibt es für uns alle nur eine Konsequenz, so schlimm das auch klingen mag: Kurzer Strich, langer Strich, abhaken."

Bahn ließ die Worte auf sich einwirken. Er konnte sich nicht mit dieser Position anfreunden, aber wahrscheinlich war sie die einzige, um überhaupt in dem seiner Ansicht nach frustrierenden Metier arbeiten zu können, dachte er sich.

„Wie viele Fixer gibt es eigentlich im Großraum Düren?", wollte er noch wissen.

Doch konnte ihm der Jugendpfleger nicht mit konkreten Zahlen dienen. „Das wechselt ständig, weil die Typen immer zwischen Köln, Düren und Aachen hin- und herpendeln. Manchmal haben wir fünfzig hier, manchmal fünf." Generell gesehen würden es aber immer mehr junge Menschen, die der Sucht verfielen. „Da sorgen schon die Dealer für, dass ihnen die Kundschaft nicht ausgeht." Er lachte trocken auf. „Das ist manchmal wie beim Tageblatt-

Abonnement. Wenn ich einen neuen Leser gewinne, bekomme ich eine Prämie." Nach diesem Prinzip gehe es auch in der Szene zu.

„Und wo finde ich die Szene?", hakte Bahn nach. Und wieder erhielt er eine Antwort, die nichts beinhaltete.

„Überall und nirgends", antwortete der Jugendpfleger. „Auf Feten, in Discos, bei Rockkonzerten, mal hier, mal dort, aber höchst selten zweimal in kürzester Zeit an einer Stelle." Bahn müsse sich die Kleindealer wie fliegende Händler vorstellen. „Die bekommen den Stoff zum Weiterverkauf von den Zwischenhändlern und bringen ihn unters Volk, nicht nur in Düren, auch in Aachen, in Köln oder so. Die haben einen weit gestreuten Kundenstamm, den sie in der Region beliefern. Man fällt natürlich schneller auf, wenn man nur in einer Stadt dealt, als wenn man quer durch die Region fährt. Der Kundenstamm ist gerade so groß bemessen, dass der Verdienst den Kleinen für den Eigenbedarf ausreicht. Da achten die Zwischenhändler schon drauf, die lassen keinen hoch kommen. Wenn du einmal unten im Sumpf steckst, kommst du nie mehr heraus. Es sei denn, du machst wirklich die Radikalkur und gehst in den Entzug."

Was aber erfahrungsgemäß der Hälfte der Betroffenen nichts bringe, wandte Bahn ein.

„Eben. Und deshalb müssen und können wir uns nur um diejenigen kümmern, die wirklich wollen. Alle anderen müssen wir vergessen", antwortete der Jugendpfleger.

Das habe selbstverständlich nichts mit der Arbeit der Polizei zu tun, fuhr er erklärend fort. „Wir sind froh über jeden noch so kleinen Dealer, den sie abfischen können", versicherte der Jugendpfleger.

Nach einer kurzen Rücksprache mit Waldhausen fuhr Bahn zu der von der Mutter angegebenen Adresse in Norddüren.

Es handelte sich um eines der alten, hohen Miethäuser, die noch nicht saniert worden waren und in denen vornehmlich die wohnten, die nicht viel Geld für Miete aufbringen konnten oder wollten. Die farblose Haustür stand offen, im dunklen, stickig riechenden Hausflur hingen etliche rostige, klapprige Briefkästen an den verblichenen Wänden. Die rote Farbe auf der Holztreppe war abgetreten, düster und trist kam Bahn die Atmosphäre vor, als er langsam durch das Treppenhaus ging und nach einem Namensschild suchte. Doch war seine Suche in allen vier Etagen erfolglos. Enttäuscht wollte er das Haus verlassen, als ihm auf der Treppe ein junger Mann entgegentrat.

Ob er ihm sagen könne, wo er die verlorene Tochter finde, fragte Bahn ihn.

Für einen Zwanziger fiele es ihm vielleicht ein, antwortete der Mann und Bahn zückte seine Geldbörse.

„Ganz oben, bei Rudolf musst du klingeln", sagte der Mann leise und steckte mit zittrigen Fingern den Geldschein in die Hosentasche.

Bahn wusste, dass es falsch war, den Süchtigen mit Geld zu schmieren und ärgerte sich über sich selbst. Wieder kletterte er in das oberste Stockwerk und blieb vor der einzigen Wohnungstür stehen, hinter der laut dröhnend Rockmusik zu hören war. Ein Namensschild war nicht angebracht. Energisch trommelte der Journalist gegen das Türholz, nachdem seine Klingelzeichen in der Musik untergegangen waren.

Endlich wurde geöffnet. Eine junge Frau mit langen, fettigen Haaren und tief liegenden, dunkelbraunen Augen stierte ihn fragend an.

Sie musste einmal eine Schönheit gewesen sein, dachte sich Bahn, nun erinnerte sie mehr an eine abgemagerte, verdreckte Vogelscheuche.

Was er wolle, raunzte die Frau ihn mit einer kratzigen Stimme an.

Bahn fragte höflich nach dem Mann namens Rudolf. Der sei nicht da, erhielt er schroff zur Antwort, und sie wisse nicht, wann der Mensch wiederkäme.

Ob er nicht in der Wohnung warten dürfe, wandte Bahn ruhig ein.

Die Frau kam jedoch nicht dazu, ihm zu antworten. Ein breitschultriger, großer Typ schubste sie kurzerhand beiseite und gab Bahn unmissverständlich zu verstehen, er solle gefälligst verschwinden. Seine dummen Fragen würden nur den Familienfrieden stören.

Bahn erkannte, dass es wenig Zweck haben würde, mit dem arroganten Kraftprotz zu diskutieren. „Ist ja gut", knurrte er und hob entschuldigend die Hände. „Ich bin ja schon wieder weg."

Im Treppenhaus stolperte er gegen einen weiteren jungen Mann, der ihm wie in Trance entgegengekommen war und ihn überhaupt nicht gewahr wurde. Bahn atmete tief durch, und eilte zu seinem Ford, um nach Arnoldsweiler zu fahren.

Die Einladung zum Abendessen wollte er zwar nicht annehmen, aber er hoffte, mit dem süchtigen Sohn ins Gespräch zu kommen.

Frostig hatte ihn der Mann, den Bahn auf höchstens Anfang dreißig schätzte, gegrüßt und durch die kleine, renovierungsbedürftige Diele in die Küche geführt. Nun saß der ungepflegte Mann in der abgetragenen Kleidung zusammengekauert auf einer Eckbank am Küchentisch und beobachtete seine Mutter, die am Herd mit den Töpfen herumwerkelte.

„Was wollen Sie von mir?", fragte er Bahn grimmig, nachdem er dessen rote Visitenkarte ungelesen in die Hosentasche gesteckt hatte.

Bahn, der ihm auf einem Stuhl gegenüber saß, dachte kurz nach und erinnerte sich an die Worte des Jugendpflegers: Denen kannst du nicht helfen, wenn sie sich nicht selbst helfen wollen. „Wie soll das mit Ihnen weiter gehen? Wie lange wollen Sie noch an der Spritze hängen?" Bahn hatte sich entschlossen, den jungen Mann frontal anzugehen.

Doch der Süchtige stierte den Journalisten nur an und schwieg trotzig mit zusammengekniffenen Lippen.

„Von wem bekommen Sie das Zeug? Wie sind Sie dazu gekommen? Warum vegetieren Sie auf Kosten Ihrer Mutter dahin?"

Zum ersten Mal zeigte sich in den Augen des Mannes eine kurze Regung, aber er blieb weiter stumm. ‚Der will nicht, der kann sich nicht mehr wehren, dem ist alles scheißegal', schoss es Bahn durch den Kopf. Er beobachtete intensiv den jungen Mann, der weiterhin vor sich hinstierte.

„So geht das immer", mischte sich lamentierend die Mutter ein, „er redet einfach nicht mit mir. Er kommt, isst und geht wieder."

„Wohin?" Bahn sah wechselweise die Mutter und ihren Sohn an. Er schwieg, sie zuckte mit den Schultern.

Bahn wurde die Situation zu blöd. Er verabschiedete sich und ging. ‚Was soll ich mich um deren Probleme kümmern?', fragte er sich. Langsam wuchs in ihm das Verständnis für den Jugendpfleger. Es hatte allem Anschein nach tatsächlich keinen Zweck, die Fixer zu bedauern oder ihnen gegen deren Willen zu helfen.

Küpper hörte sich Bahns Bericht am Abend im „Zeppelin" kommentarlos an, als die beiden mit Waldhausen einen flotten Dreier genossen, wie sie scherzhaft die drei Kölsch nannten, die sie sich gelegentlich zum Feierabend gönnten.

Auch der Lokalchef hatte interessiert zugehört und verwundert den Kopf geschüttelt. „Das glaubt keiner", sagte er nur, „daraus kannst du noch nicht einmal eine vernünftige Reportage machen." Es wäre wohl wie so oft, das Thema versickere im Alltagsleben, ein, zwei Tage später krähte kein Hahn mehr danach. „Das ist bei deinen Rauschgifttoten nicht anders als bei meinen Anschlagsopfern. Oder gibt es etwas Neues?"

Waldhausen hatte sich an Küpper gewandt. Doch schüttelte der Kommissar verneinend den Kopf, während er an seinem Bier schluckte. „Weder noch", antwortete er, „still ruht der See."

Die Beerdigung von Rita sei übrigens am Freitagnachmittag in Echtz. Ihr Freund werde auf Wunsch der Familie in Aachen eingeäschert, sagte der Bernhardiner noch, dann langte er zu seinem Portemonnaie und bezahlte. „Ich glaub', ich bin diesmal dran."

Bahn und Waldhausen widersprachen nicht und verließen mit Küpper die Eckkneipe.

„Also machen wir ab morgen wieder Kaninchenzüchter und Musikvereine", seufzte Bahn.

„Und nicht zu vergessen die ach so beliebten ersten Spatenstiche unseres aller Bürgermeisters Walter Walter", fiel ihm Waldhausen schmunzelnd ins Wort.

Mehr die Langeweile als die Neugierde trieb Bahn am Freitag nach Echtz. In der Redaktion gab es ohnehin nichts mehr zu tun, seinen Sonntagsdienst hatte er vorbereitet. Gisela wartete nicht auf ihn, weil sie in Köln unbedingt noch Brautkleider besichtigen musste. Was sollte er da alleine in der muffigen Bude?, hatte er zu Thea gesagt und war zur Beerdigung von Rita Wassermann gefahren.

Nicht einmal ein Dutzend Trauergäste hatten sich zu der bescheidenen Feier auf dem Friedhof eingefunden.

Bahn erkannte Wolfgang Wassermann, der wohl direkt aus seinem Studienort angereist war, wie Bahn aufgrund der vollbepackten Reisetasche vermutete, die der Student neben sich abgestellt hatte. Ein paar jüngere Menschen hatten sich zu ihm gesellt, offenbar Freunde oder Studienkollegen, wie Bahn annahm, und einige ältere, vermutlich Mieter aus dem Haus, das jetzt Wassermann allein gehörte.

Der Geistliche hielt sich nicht lange am Grab auf, routiniert oberflächlich brachte er die sterblichen Überreste von Rita Wassermann unter die Erde und verabschiedete sich mit einem kurzen Gruß von ihrem Bruder.

Wassermann war erstaunlich ruhig geblieben, wie Bahn beobachtete, entweder war ihm immer noch nicht die Endgültigkeit des Abschieds bewusst oder er war nicht in der Lage zu trauern.

Als der Student Bahn erkannte, eilte er lächelnd auf ihn zu. „Schön, Sie hier zu sehen", sagte er höflich und streckte ihm die Hand entgegen. Beileidsbekundungen ließ er erst gar nicht zu. „Haben Sie noch etwas erfahren?"; fragte er schnell, bevor Bahn kondolieren konnte.

„Nein", antwortete der Journalist verlegen. „Das verläuft wohl wie so vieles in der Szene im Sande."

„Da kann man nichts machen", kommentierte der Student lakonisch. „Ich bin übrigens nur zum Wäschewechsel hier in Düren. Eine Nachbarin wäscht für mich und passt auf die Wohnung auf. Ich habe die Wäsche bereits ausgetauscht und fahre gleich wieder mit dem Zug zurück nach Marburg." Er schüttelte den Kopf. „Hier gibt es zu viele Sensationsreporter, die mir immer noch auf den Leib rücken wollen. Den Trubel mache ich nicht mit." Er war froh, dass sie ihn bei der Beerdigung nicht behelligt hatten. „Da haben Polizei und Freunde Gott sei Dank dichtgehalten."

Bahn bot Wassermann an, ihn zum Bahnhof zu bringen, was er sofort annahm.

„Je schneller ich aus Düren weg bin, umso besser. Mich hält nicht mehr viel in diesem Kaff. Eigentlich

118

sind es nur die Erinnerung an meine Familie und das Haus, das mir mein Studium finanziert."

Schweigend fuhren die beiden aus Echtz hinaus in Richtung Hoven. Wassermann hatte sich in den Sitz zurückgelehnt und die Augen verschlossen. „Ich bin froh, wenn ich wieder in Schwarzafrika bin", sagte er schließlich.

Bahn sah ihn verwundert an. „Was meinen Sie damit?"

Der Student lächelte. „Ich habe nach dem Abitur ein Jahr lang in einem der ärmsten Flecken in Kenia in einem medizinischen Camp mitgearbeitet und fahre in den Semesterferien immer wieder dorthin. Vor drei Wochen bin ich erst wieder zurück nach Deutschland gekommen. Für mich steht jetzt schon fest, dass ich nach meinem Examen für immer nach Schwarzafrika gehe. Gegen das Elend dort sind das Leben und das Sterben hier ein Klacks."

Am Bahnhof sprang Wassermann schnell aus dem Wagen, winkte Bahn freundlich zu und verschwand in der Unterführung aus dessen Blickfeld.

‚Komischer Typ', dachte sich Bahn, als er vor der Ampel wartete, mit dem wollte er nicht tauschen. Im Rückspiegel erkannte er den grobschlächtigen Kerl, der ihn am Vortag aus der Wohnung geworfen hatte.

Stets um sich schauend ging der Mann, der wohl Rudolf hieß, in den Bahnhofstunnel.

Bahn überlegte, ob er dem Riesen folgen sollte, doch nötigte ihn sein Hintermann mit hektischem Hupen, endlich loszufahren. ‚Dann eben das nächste Mal', sagte sich der Journalist und fuhr nach Hause zur Kampstraße. Er freute sich auf Gisela, die hoffentlich daheim war.

„Es brennt wieder in Birgel!" Jansen schrie geradezu ins Telefon, als er Bahn am Samstag kurz vor fünf aus dem Schlaf holte. „Da will einer der marokkanischen Familie etwas."

„Scheiße", fluchte Bahn. Er überlegte kurz, ob er Waldhausen informieren sollte, doch ließ er es sein. Immerhin hatte er Sonntagsdienst und nicht sein Chef. Bahn stand im Flur und suchte in seiner Lederjacke nach dem Autoschlüssel, als sich das Telefon erneut meldete. Doch es verstummte, ehe Bahn danach greifen konnte.

„Arschloch", beschimpfte er den unbekannten Anrufer.

Eilig verließ er das Haus, gähnend trieb er den Escort nach Birgel und fluchte einmal mehr über die lahme Kiste.

Die Polizei hatte den Brandort mit Flatterband und Gittern großräumig abgesperrt. Verbitterung sprach aus den Gesichtern der Menschen, die stumm auf das Haus starrten, das scheinbar unversehrt geblieben war.

Bahn wunderte sich über die vielen Kamerateams, die an diesem frühen Morgen schon nach Birgel gekommen waren. Er hatte Verständnis für die Polizisten, die ohne Federlesen die allzu penetranten Reporter mit leichter Gewalt hinter die provisorische Absperrung zurücktrieben. Da wurde lauthals vom Verstoß gegen die Pressefreiheit gemault, Dienstbeschwerden wurden angedroht und über den Polizeistaat getönt.

Bahn grinste nur, als er auf dem Weg zum Haus die bekannten Polizisten passierte, die auf der Straße eine Lücke zwischen zwei Absperrgittern blockierten. Das Aufheulen der Kamerateams tat ihm gut. Weit kam er allerdings nicht.

Staatsanwalt Küpper stellte sich ihm entschlossen in den Weg, als er die stark angesengte, schwarz gefärbte Haustür fotografieren wollte. Höflich, aber bestimmt forderte Küpper den Journalisten auf, zu den Kollegen zurückzugehen. „Sonst lasse ich Sie sofort in Gewahrsam nehmen", drohte er Bahn ruhig. Bahn hatte für die Drohung nur ein müdes Lächeln übrig. Das hatte es bisher nicht gegeben und würde es auch in Zukunft nicht geben. Entschlossen richtete er seine Kamera aus. Aber er hatte sich getäuscht.

Mit einem kurzen, energischen Kommando befahl Küpper zwei Schutzpolizisten, Bahn zu ergreifen und zur Polizeiinspektion zu bringen.

121

Energisch hakten die beiden sich bei Bahn unter und gingen davon.

Wie betäubt ging Bahn mit ihnen im Gleichschritt über den Asphalt, begleitet vom höhnischen Gejohle der Journalistenschar. Erst beim Aussteigen aus dem Streifenwagen auf dem Parkplatz an der Aachener Straße wurde ihm bewusst, was geschehen war: Die Polizei hatte ihn wahrhaftig festgenommen.

Die beiden Ordnungshüter lieferten ihn an der Wache ab, wo Bahn im Zimmer des Schichtleiters Kaffee und Brötchen angeboten bekam.

„Der Küpper, der spinnt", sagte einer seiner Bekannten, der sich zu ihm gehockt hatte, „der hat höllisch Angst zu versagen."

„Wieso?", fragte Bahn erstaunt. „Der kann doch nicht mehr tun, als zu ermitteln."

„Ich möchte wissen, wie du reagieren würdest, wenn unser lieber Bürgermeister einen Beschwerdebrief an deinen Vorgesetzten schreibt und darin behauptet, du seiest unfähig. Du weißt doch, dass die da oben zunächst den anderen glauben, aber nicht den eigenen Leuten."

Bahn schlürfte nachdenklich an seiner Kaffeetasse. ‚Das war typisch', grollte er mit dem selbstgefälligen Bürgermeister Walter. ‚Das ist mal wieder Walter', wie er leibt und lebt, dachte er sich, der zieht knallhart über andere her, ohne selbst Verantwortung zu übernehmen.

Ein älterer Polizist unterbrach Bahn in der Gedankenversunkenheit. „Ich wusste gar nicht, dass wir hier jetzt auch schon ein Außenposten eurer Redaktion sind", flachste er und reichte Bahn den Telefonhörer. „Dein Chef will dich sprechen."

„Na, wie hoch ist denn die Kaution?", scherzte Waldhausen, womit er Bahn auf die Palme trieb.

„Halte die Klappe und hol' mich hier raus!", schnauzte er zurück und ärgerte sich fürchterlich, als ihn sein Freund daraufhin auslachte.

„Mach' doch eine Gefängnisreportage: Unschuldig hinter Gittern. Das kommt bestimmt gut bei unseren Lesern an", lästerte Waldhausen.

Bahn merkte, dass er mit seinem Ärger bei Waldhausen nicht weit kam. „Wo bist du?", fragte er.

„Wo schon?", antwortete der Lokalchef. „Natürlich in Birgel. Mein Bäckerfreund hat mich sofort informiert und mir alles berichtet. Ich habe heute Morgen noch versucht, dich zu erreichen, aber du bist nicht ans Telefon gegangen."

Das war also das Arschloch gewesen, erinnerte sich Bahn, der nachträglich seinem Chef wegen der Beleidigung Abbitte tat.

„Und jetzt halte dich fest." Waldhausen machte es spannend. „Sitzt du gut?"

„Ja", bellte Bahn gereizt, „im Knast."

„Der Bundesgeneralanwalt hat die Ermittlungen übernommen, das Bundeskriminalamt ist eingeschalten worden", klärte Waldhausen ihn auf.

123

„Was heißt das?" Bahn wusste nicht, was er mit dieser Information anfangen sollte.

„Das heißt zum einen, dass unser Freund Küpper nur noch Handlangerdienste leisten darf und zugleich aus der Schusslinie ist."

‚Und Walter kann sich schulterklopfend rühmen, er habe ja schon immer gewusst, dass die hiesige Staatsanwaltschaft für den Fall eine Nummer zu klein ist, dachte sich Bahn. „Und zum anderen?", fragte er neugierig.

„Zum anderen gibt es eine Nachrichtensperre."

Wieder hatte Bahn Probleme, die Information einzuordnen. „Was heißt das?", wiederholte er sich.

„Es gibt in Düren keine Informationen mehr über die Brandanschläge. Die machen hier alle Schotten dicht. Auskünfte erteilt ab sofort nur noch die Pressestelle des Bundesgeneralanwaltes in Karlsruhe."

„Findest du das etwa gut?", zweifelte Bahn, der glaubte, Waldhausen würde wegen dieses Ausschlusses der Presse von direkten Informationen vor Ort auch noch frohlocken.

„Aber sicher doch", antwortete der Lokalchef vergnügt. „Ich habe längst alle Informationen aus erster Hand. Die anderen hingegen haben gar nichts bis auf die Tatsache, dass wieder gezündelt worden ist." Waldhausen lachte erfreut auf. „Ich mache dir einen Aufmacher daraus, falls du überhaupt von der Polizei eine Ausgangserlaubnis bekommst. Bis morgen", sagte er zufrieden und legte auf.

„Wisst ihr schon, dass BKA und Bundesgeneralanwalt draußen in Birgel sind?" Bahn konnte nichts anders, er musste sein Wissen an die Polizisten in der Wache weitergeben und verriet ihnen damit eine Neuigkeit.

„Das wird was werden", kommentierte der Schichtleiter wenig begeistert; „die haben keine Ahnung, wissen alles besser und meinen, sie könnten uns wie der letzte Dreck behandeln. Das wird ein schönes Arbeiten werden." Es sah Bahn kurz an. „Kommst du mit?"

„Wohin?"

„Wir haben wieder einen Drogentoten, diesmal im Grüngürtel. Du kannst für uns die Fotos knipsen."

„Was sagt unser strenger Staatsanwalt Küpper dazu?" Bahn befürchtete Ungemach.

Doch der Schichtleiter winkte lässig ab. „Erstens habe ich dich gerade für eine polizeiliche Aufgabe verpflichtet und zweitens hat der dich gerade wieder freigelassen. Für solche Kinkerlitzchen hätte er momentan keine Zeit."

Bahn konnte es nur recht sein. Er kletterte zu den beiden Polizisten in den Streifenwagen und fuhr mit ihnen zum Sportplatz an der Blücherstraße.

Ein älterer Mann, der dort mit seinem Hund am frühen Morgen unterwegs gewesen war, hatte den Toten entdeckt, der auf einer Bank lag.

„Das ist Paule", sagte ein Polizist kühl, „der ist irgendwann einmal nach Düren gekommen und jetzt hat es ihn erwischt."

Der verwahrloste Mann Mitte 30 war Bahn noch nie in der Stadt aufgefallen.

Aber die Polizei kannte ihn bestens. „Rauschgifthandel, Beschaffungskriminalität, ein kleiner Fisch, der noch kleinere Fische mit in den Sumpf gezogen hat. Dem weint niemand eine Träne nach, abgesehen vielleicht einige seiner Kunden, die er ab und an mit Heroin versorgte."

„Wie kommen die Typen bloß dazu, sich mit dem Stoff das Leben zu versauen?", fragte Bahn den Notarzt, der sachlich den Mann untersucht und dessen Tod festgestellt hatte.

„Aus Neugierde, aus Langeweile, aus Frust, es gibt keinen und 1000 Gründe, süchtig zu werden", erklärte der Mediziner, „die glauben alle, sie könnten wieder abspringen, sie seien überhaupt nicht süchtig. Zu spät oder gar nicht merken sie, dass sie nicht mehr zurück können." Der Arzt schüttelte verständnislos den Kopf. „Das fängt mal mit einer Tablette an, absichtlich geschluckt oder boshaft in einer Cola aufgelöst bei einer Fete, führt weiter zu mehr Tabletten, zu Haschisch, Marihuana und endet dann bei Kokain oder Heroin. Wer schließlich an der Nadel hängt, der kommt nicht mehr los und ist rettungslos den Abzockern ausgeliefert, die den Markt beherrschen. Der Typ da", er zeigte auf die Leiche, „ist

126

doch auch nur ein Opfer des brutalen Geschäfts. Das Geld verdienen ganz andere, die Saubermänner, die selbst noch nicht einmal Alkohol trinken, weil das eine Droge ist." Der Notarzt verabschiedete sich schnell: „Vielleicht kann ich woanders Leben retten."

Der Streifenpolizist glaubte, der Obduktion vorgreifen zu können. „Wetten, dass der an einer Überdosis oder an verschmutzter Ware krepiert ist", sagte er zu Bahn. „Jedenfalls können wir Paule von unserer Liste streichen." Das gehe in Düren beinahe schon zu wie bei den zehn kleinen Negerlein, sagte er ironisch, „fünf von denen haben jedenfalls schon in den Sack gekniffen."

Bahns Bedarf an Aktionismus war für diesen Tag gedeckt. Ab nach Hause und noch etwas an Giselas Seite kuscheln, mehr wollte er nicht, und er freute sich, als ihn seine Braut mit offenen Armen empfing.

Zufall

Bahn musste sich am Sonntag in der Redaktion lange gedulden, bevor Waldhausen endlich mit seiner Berichterstattung begann.

„Hast du die Nachrichtensendungen im Fernsehen gesehen oder im Radio gehört? Die Blindfische wissen gar nichts", lästerte der Lokalchef. Mit dem Hinweis auf die behördliche Nachrichtensperre hatten alle Korrespondenten lediglich die Tatsache gemeldet, dass es eine Woche nach dem ersten Brandanschlag einen zweiten auf das Einfamilienhaus der marokkanischen Familie in Düren-Birgel gegeben habe. Die Mutter habe einen Schock und Rauchvergiftungen erlitten, die Kinder seien mit dem Schrecken davon gekommen.

„Weißt du kleiner Lokalredakteur vom Rande der Eifel etwa mehr als die deutschen Aushängeschilder des Informationswesens?", fragte Bahn seinen Chef provozierend.

Waldhausen funkelte aufgeregt mit den Augen. „Und ob ich mehr weiß. Mein Bäcker hat auf der Fahrt zur Arbeit die Flammen an der Haustür entdeckt, die Feuerwehr alarmiert und mit einem Autolöscher das Feuer bekämpft. Der ist selbst bei der Freiwilligen Feuerwehr. Als seine Kollegen von der Berufsfeuerwehr ankamen, hatte er längst alles im Griff." Waldhausen atmete durch. „Die Haustür war nur noch Schrott. Der Mann ist in den verräucherten Flur und hat das Winseln der Frau gehört. Sie lag gefesselt und geknebelt auf dem Sofa im Wohnzimmer. Er hat sie ins Freie getragen und sich auf die Suche nach den Kindern gemacht. Sie waren wie beim ersten Brandanschlag im Kinderzimmer einge-schlossen und schliefen. Das wäre garantiert zur Katastrophe gekommen, wenn der Bäcker nicht so schnell und richtig reagiert hätte."

Waldhausen lief mit der Kaffeetasse in der Hand erzählend durch das Büro. Bahn hatte es sich am Schreibtisch bequem gemacht und hörte interessiert zu.

„Die Feuerwehr hat die Mutter entfesselt und den Rettungswagen gerufen, der die drei Anschlagopfer ins Krankenhaus nach Lendersdorf brachte. Den Kindern ist anscheinend nichts passiert", fuhr der Lokalchef mit seiner Schilderung fort. „Mit in Benzin getränkte Lappen haben die Unbekannten die Holztür entzündet, Lappen, die so ähnlich auch bei den Anschlägen auf die Asylbewerber sichergestellt wurden."

„Die Schwester war wieder in Köln bei ihrem Verlobten?", fragte Bahn.

„So ist es", bestätigte Waldhausen, „und der Familienvater treibt sich immer noch in Marokko herum. Er ist wohl von Beruf Kaufmann und sucht anscheinend nach Ware, die er in Deutschland verscherbeln will."

„Also nicht Heimatbesuch?"

„Doch", antwortete der Lokalchef, „man kann das eine sicherlich leicht mit dem anderen verknüpfen. Er wird in vier Wochen in Deutschland zurück erwartet." Waldhausen beendete seine Wanderung durch das Büro und hockte sich auf die Schreibtischkante.

„Eindrucksvoll ist das Verhalten der Nachbarn in Birgel. Sie haben nur Lob für die Familie und keinerlei Verständnis für die Attentäter. Aber sie wollen keine Auskunft mehr vor laufenden Kameras oder Mikrofonen erteilen. Wie mir mein Bäcker gestern Abend sagte, soll es jetzt jeden Tag eine Mahnwache geben und ein großes Fest, wenn die Frau wieder aus dem Krankenhaus kommt." Waldhausen musste schmunzeln. „Walter hatte sich spontan bereit erklärt, bei der Mahnwache und bei der Organisation des Festes mitzumachen, aber sie haben sich geweigert. Das sei ihre Sache und keine Schauveranstaltung, hätte man ihm gesagt, so sagt jedenfalls der Bäcker." Der Lokalchef hatte sichtlich Vergnügen an dieser angeblichen Abfuhr des Bürgermeisters. „Ich werde ihm in meinem Kommentar empfehlen, lieber eine Geldspende zu leisten. Du weißt ja aus eigener Erfahrung, was das für ein Geizkragen ist."

Bahn nickte. Er erinnerte sich nur ungern daran, dass ihm Walter immer noch nicht die 10.000 Mark überwiesen hatte, die der Bürgermeister als Belohnung für die Ergreifung eines Kunstfrevlers ausgelobt hatte. Bahn hätte wegen des Ausbleibens der Zahlung an ihn gerne prozessiert, aber darauf auf dringendes Anraten der Chefredaktion verzichtet. Ein Prozess zwischen einem Tageblatt-Redakteur und dem Dürener Bürgermeister sei nicht förderlich für das Image, hatten ihm seine Vorgesetzten Widerspruch ausschließend zu verstehen gegeben.

„Viele karitative Einrichtungen haben gestern schon spontan ihre Unterstützung zugesagt", berichtete Waldhausen weiter. „Die Familie muss sich bald wie im Paradies vorkommen, so wird für sie gesorgt."

„Ein verdammt heißes Paradies. Ich möchte nicht unbedingt darin wohnen", meinte Bahn, als er sich erhob und zum Faxgerät ins Sekretärinnenzimmer eilte. Er hatte das Piepen und Drucken des Geräts gehört und erwartete den Pressebericht der Kriminalpolizei.

„Das gibt's doch nicht", entfuhr es ihm, als er lesend in sein Zimmer zurückkehrte.

„Was ist? Hat es etwa wieder gebrannt?"

„Nein." Bahns Augen flogen hastig über das Fax. „Heute Morgen ist noch ein zweiter toter Fixer gefunden worden." Er stockte. „Ein 33-jähriger Mann aus Arnoldsweiler ist es diesmal, polizeibekannt und vorbestraft"

,Das wird doch nicht das Muttersöhnchen sein?', fragte er sich nachdenklich, während er auf seinem Schreibtisch zwischen den Stapeln von Papieren nach der Liste der Kriminalpolizei kramte. Darauf war nur eine Anschrift aus Arnoldsweiler notiert. Der Tote musste das Muttersöhnchen sein!

Perplex sah er Waldhausen an, der das Polizeifax gelesen und kein Gehör für Bahn hatte. Der Lokalchef interessierte sich mehr für die Anschläge und fand seine Erwartung bestätigt. Es gab keine Informationen zum Brandanschlag in Birgel, sondern lediglich den Hinweis, unter welcher Rufnummer die Pressestelle des Bundesgeneralanwaltes zu erreichen war. Nur dort gebe es Auskünfte. Jegliche Anrufe in Düren seien zwecklos.

„Was schaust du mich an wie ein Honigkuchenpferd?" Erst spät bemerkte der Lokalchef Bahns Verwunderung.

Bahn machte sich nicht die Mühe, Waldhausen aufzuklären. „Das kommt mir Spanisch vor", antwortete er vielmehr. Er fühlte sich unbehaglich, ohne es erklären zu können. „Das sind mir zu viele Drogentote zurzeit. Ich kann mir nicht vorstellen, dass das purer Zufall ist."

„Was denn sonst?"

„Keine Ahnung", bekannte Bahn, „aber ich kann nicht mehr an Zufall glauben."

„Mein Freund, du kannst von mir aus glauben, was du willst. Ich kann jedenfalls nichts erkennen, das gegen eine Zufälligkeit spricht. Rede mit dem Bernhardiner darüber", schlug Waldhausen dennoch vor.

„Das werde ich tun", bestätigte Bahn, „heute nach Dienstschluss."

Es blieb bei der Absicht. Küpper nahm nicht ab, als Bahn bei ihm anrief. „Dann eben nicht", murmelte er enttäuscht. Ihm kam eine andere Idee, er blickte noch einmal in seine Unterlagen und fuhr nach Arnoldsweiler.

Bahn war irritiert, als er die Wohnung betrat, in der er den Drogensüchtigen hatte sprechen wollen. Die Räume kamen ihm jetzt groß und hell vor, freundlich und einladend, nicht mehr so stickig und dunkel, schmutzig und ungastlich.

Auch die Frau machte einen anderen Eindruck auf ihn. Sie war gelöst und hatte einen freundlichen Blick.

„Es ist endlich vorbei", sagte sie ruhig. „Sie haben's gewiss auch schon gehört, dass mein Sohn heute Nacht gestorben ist. Er wollte sich nicht helfen lassen, auf mich wollte er nicht hören." In ihre Trauer mischte sich auch Erleichterung, behauptete sie. „Jetzt kann ich für mich leben und muss nicht mehr befürchten, dass hinter meinem Rücken in meiner Wohnung Geld verschwindet."

Wann sie ihren Sohn das letzte Mal gesehen habe, wollte Bahn wissen.

„Am Nachmittag, als Sie hier waren", antwortete die Frau. „Direkt nach Ihnen ist er gegangen. Heute Mittag habe ich dann von der Polizei die Mitteilung bekommen, dass er tot ist." Sie bot Bahn eine Tasse Kaffee an, den er dankend ablehnte.

„Kennen Sie denn jemanden, mit dem Ihr Sohn zusammen war?", fragte er.

Die Frau verneinte. „Namen kenne ich überhaupt keine. Manchmal kam jemand mit nach hier, aber das war höchst selten."

Bahn holte aus seiner Lederjacke das Foto von Rolf Bremer. „Haben Sie diesen Mann schon einmal gesehen?"

Kritisch musterte sie das Bild. „Ja", sagte sie schließlich, „der war vor knapp zwei oder drei Wochen einmal hier, zusammen mit einer Frau."

Bahn atmete durch. „Etwa mit dieser Frau?" Er zeigte das Bild von Rita Wassermann.

„Ja, diese Frau war es."

„Worüber haben sie denn gesprochen?", fragte Bahn, der seine Aufregung nur schwerlich verbergen konnte.

„Ich kann es Ihnen nicht genau sagen", bedauerte die Frau. „Ich glaube, die beiden wollten von meinem Sohn Namen haben. Ich weiß nicht, ob er sie ihnen gegeben hat." Sie sah Bahn entschuldigend an. „Tut mir wirklich leid, wenn ich Ihnen nicht mehr sagen kann."

Sie hätte ihm sehr geholfen, entgegnete der Journalist. Wenn er auch nicht viel erfahren hatte, so wusste er jetzt jedenfalls, dass Rita und Rolf kurz vor ihrem gemeinsamen Selbstmord noch mit dem Süchtigen aus Arnoldsweiler gesprochen hatten.

Aber wozu ihm dieses Wissen dienen konnte, das konnte er der Frau nicht erklären, als sie ihn danach fragte.

Im Wagen hakte Bahn den Namen des Toten aus Küppers Liste ab. ‚Das konnte nicht mit rechten Dingen zugehen‘, dachte er sich. ‚Ich bin gespannt, wer als Nächster dran glauben muss.‘

Am nächsten Morgen überschlugen sich die Ereignisse. Erneut hatte es einen Brandanschlag auf das Asylbewerberheim an der Girbelsrather Straße gegeben, die Polizei meldete einen weiteren Rauschgifttoten und zu allen Überfluss berichtete die Dürener Zeitung von einem anonymen Drohbrief, in dem die marokkanische Familie zum sofortigen Verlassen von Birgel aufgefordert wurde.

Bahn hatte nichts davon mitbekommen. Nach einem schönen Abend mit Gisela hatte er auf ihr zärtliches Bitten das Telefon ausgeklinkt. Da hatte sich Jansen die Finger wund wählen können.

In den Lokalnachrichten, die ihm sein Radiowecker um halb acht am Montag präsentierte, wurde Bahn von den Neuigkeiten überrascht. Fluchend wollte er aus dem Bett springen, doch hielt ihn Gisela zurück. „Du hast mir versprochen, dass wir bis neun im Bett bleiben.“ Die Toten würden nicht mehr lebendig und die Polizei würde den ganzen Tag über für ihn da sein. „Ich will dich nur bis neun“, schnurrte die junge Frau.

135

Bahn ließ sich gerne überreden, wenngleich sich in ihm immer stärker eine Unruhe meldete. Würde es nach ihrer Heirat genau so sein wie bisher? Oder würde er dann langsam von Gisela zum Ehekrüppel erzogen, wie ihn bisweilen Freunde und Bekannte jetzt schon hänselten.

Er ärgerte sich jedes Mal, wenn so über Gisela geredet wurde. Da spielte wohl viel Neid mit und wahrscheinlich auch Unkenntnis. Aber er hatte bei derartigen Hänseleien stets geschwiegen. Gisela und er waren eine Einheit, da konnte passieren, was wollte.

Und sein Freund Walter hatte ihn in seiner Auffassung bestärkt. Quatsch, hatte er barsch geantwortet, als ihn Bahn einmal darauf angesprochen hatte. „Ihr beide gehört einfach zusammen wie Pech und Schwefel oder Zimt und Zucker."

Sein Freund war schon wieder unterwegs, als Bahn spät in die Redaktion kam.

„Der ist dem anonymen Schreiben auf der Spur, darüber brauchst du dir keine Gedanken mehr zu machen. Die Sache an der Girbelsrather Straße ist ebenfalls klar", berichtete Fräulein Dagmar zu Bahns Erleichterung weiter. „Jansen hat sich tatsächlich getraut, bei Waldhausen anzurufen, als bei dir dauernd besetzt war."

„Was bleibt denn für mich noch zu tun?", entfuhr es Bahn spontan.

Die Redaktionssekretärin lachte. „Sag' bloß, du hast nichts mitbekommen. Das hat es noch nie gegeben", frotzelte sie. „Soll ich dich vielleicht mit Kommissar Küpper verbinden? Den rufst du doch immer an, wenn du nicht mehr weiter weißt."

Bahn war Fräulein Dagmar nicht gram. Sie kannte ihn viel zu gut, als dass er ihr etwas hätte vormachen können. Den Anruf bei Küpper hätte er ohnehin als nächsten gemacht, sagte er sich. „Dann walte deines Amtes, Herrin dieses Büros, und reiße Küpper aus dem Büroschlaf."

„Und anschließend rufe ich einen Schneider an", sagte die Sekretärin entschlossen.

„Wozu denn das?", fragte Bahn erstaunt.

„Wegen deines Hochzeitsanzuges, mein Lieber", antwortete sie. „Das ist ein dienstlicher Befehl der Herrin deines Haushaltes, dich täglich daran zu erinnern, dass du noch einen Anzug und sie ein Brautkleid braucht."

Das habe Zeit, brummte Bahn, es blieben doch immer noch knapp drei Wochen bis zur Trauung. Außerdem habe er im Moment Wichtigeres zu tun. Er nahm Küppers Namensliste zur Hand und wartete ungeduldig auf die Verbindung.

„Muss ich wieder einen Namen streichen?", fragte er den Bernhardiner zur Begrüßung.

„Leider", antwortete der Kommissar. „Es hat wieder einen unserer Kantonisten erwischt." Er nannte Bahn den nicht bekannten Namen und gab dazu die schon typischen Angaben, rund 30 Jahre alt, arbeitslos, der Polizei bekannt wegen Suchtdelikte und Beschaffungskriminalität.

„Sag mal, kann ich da noch von Zufall sprechen, bei so vielen Toten innerhalb kurzer Zeit?"

Küpper legte eine kurze Pause ein. „Ich denke schon", sagte er, „es spricht jedenfalls nichts dagegen. Bei unserem Traumpaar handelte es sich wohl eindeutig um Selbstmord, die beiden Toten vom Wochenende hatten sich verdrecktes Zeug gespritzt, bei den anderen waren es fast immer Überdosen. Diesmal war das Heroin wohl zu gut gewesen."

„Woher hatten die denn den Stoff?"

Küpper lachte auf. „Wenn ich das wüsste, Helmut. Es scheint nur festzustehen, dass das Heroin bei allen sieben aus einer Quelle stammt. Das wiederum spricht dafür, dass es von einem Dealer verkauft wurde. Aber wer das ist, das kann ich dir beim besten Willen nicht sagen. Das ist aber auch sekundär, denn es muss jeder selbst wissen, in welcher Dosis er das Zeug in sich hineinpumpt."

Bahn kam ein Gedanke. „Mir fällt auf, dass bis auf Rita und Rolf alle Toten offenbar Kleindealer waren. Ist das Zufall oder nicht?"

„Wir kennen halt nur die kleinen Fische", antwortete Küpper ausweichend. „Deren Konsumenten und damit die unterste Ebene der Heroinsüchtigen haben wir in Düren nicht im Griff. Da ist es völlig normal, dass die Toten, die wir finden, in aller Regel die uns bekannten Kleinkriminellen sind." Die anderen, deren Kunden, seien halt noch nicht so weit, dass sie in die Kriminalität hineinrutschten.

Bahn ließ diese Antwort gelten, obwohl sie ihn nicht zufrieden stellte. „Was passiert eigentlich mit den Kunden der Kleindealer? Die stehen doch jetzt gewissermaßen im Regen."

Da schneide er ein heikles Thema an, bestätigte Küpper. „Die brauchen Stoff und suchen sich einen neuen Lieferanten. Die müssen erst gefunden werden, was uns gewiss nicht die Arbeit erleichtert. Unsere Kantonisten kannten wir, an ihre Stelle treten jetzt neue."

„Woher kommen die?", hakte Bahn nach. „Hat so ein Händler seinen eigenen Stall oder springen andere Händler in die Lücke?"

Das könne durchaus passieren, meinte der Kommissar. „Und dann wird es brenzlig."

„Wieso?" Bahn verstand nicht.

„Das ist doch ganz einfach. Im Großraum Düren gibt es nach unseren Erkenntnissen drei Händlerringe, die sich den Markt teilen", erklärte Küpper. „Ein Ring hat jetzt fünf Mann verloren, jetzt werden alle versuchen, diesen Marktanteil für sich zu gewinnen oder zu behaupten. Es ist ja nicht so, dass da Friede, Freude, Eierkuchen herrscht zwischen den Ringen. Immerhin geht es um verdammt viel Geld. Und

139

wenn ich einem anderen etwas abluchsen kann, dann tue ich das."

„Ich habe noch nicht ganz kapiert, was du mir sagen willst", bekannte Bahn.

„Wie gesagt, es gibt im Großraum Düren drei Dealerringe, einer, der von Türken bestimmt wird, einer unter der Kontrolle von Übersiedlern aus Osteuropa, und einer, der wohl aus der Asylantenszene regiert wird. Die Deutschen sind längst aus der Führungsebene verdrängt worden und nur noch Hilfsarbeiter der einzelnen Ringe. Die Gruppen packen sich garantiert nicht mit Samthandschuhen an. Die sind sich spinnefeind und lauern nur darauf, sich gegenseitig die Pfründe wegzunehmen. "

„Und die Toten stammen alle aus dem Kundenkreis eines Ringes, wie wir an dem Heroin erkannt haben?"

„Stimmt."

„Immer noch Zufall?"

„Immer noch Zufall", antwortete Küpper. „Wir haben eine ähnliche Serie vor drei oder vier Jahren schon einmal gehabt. Da machten reihenweise die Kunden eines Ringes den tödlichen Abflug. Das war aber auch purer Zufall."

„Woher weißt du denn von der Struktur der Drogenszene? Ich denke, die halten euch hier in Düren für doof?" Bahn erinnerte sich an das frühere Gespräch mit dem Bernhardiner.

„Mein lieber Freund", sagte der Kommissar festlich, „offiziell halten die uns für doof, inoffiziell habe ich mehr Informationen, als ich eigentlich haben darf. Ich bin halt beliebt im Kollegenkreis und komme viel herum."

Womit Küpper wahrlich Recht hatte, wie Bahn wusste.

„Weißt du eigentlich etwas von einem Abschiedsbrief von Rita und Rolf?" Überraschend wechselte der Kommissar das Thema.

„Nie etwas davon gehört", sagte Bahn spontan. „Wie kommst du darauf?"

„Ach, nur so, es hätte ja sein können", antwortete der Bernhardiner. Er hörte sich betrübt an.

Bahn dachte nach. „Davon weiß ich wirklich nichts." Als er mit Wassermann in der Wohnung war, hatte es keinen Hinweis gegeben. Auch hatte der junge Mann keine Andeutung gemacht. „Oder die beiden hätten den Brief bei sich haben müssen, als ihr sie gefunden habt."

„Da war nichts", sagte der Kommissar.

„Dann gibt's auch nichts", folgerte Bahn entschlossen. „Noch eine Frage. Was gibt es von unseren Molotowwerfern?"

„Wie immer nichts Neues", antwortete Küpper. Er bat Bahn ausdrücklich, ihn nicht zu zitieren. „Du weißt doch, dass Auskünfte nur in Karlsruhe erteilt werden. Die sind ohnehin fuchsteufelswild über eure heutige Berichterstattung und wollen allen

141

Ernstes von uns wissen, woher Waldhausen seine Informationen hat. Die haben uns deswegen sogar schon mit disziplinarischen Maßnahmen gedroht."

„Informationen gibt es doch meistens unter vier Augen", sagte Bahn und fügte schmunzelnd hinzu: „Besonders unter vier Augen im trauten Familienkreis."

Aber Küpper ging auf diese Bemerkung nicht ein.

Fräulein Dagmar kam aufgeregt winkend ins Zimmer.

„Leg' auf!", zischte sie leise, „Gisela will dich unbedingt sprechen. Es ist dringend."

Normalerweise hätte Bahn die drängelnde Redaktionssekretärin mit einer lässigen Handbewegung abgewimmelt. Doch diesmal schien es tatsächlich ernster zu sein als üblicherweise. In ihrem Gesichtsausdruck war eine Besorgnis zu erkennen, die er zuvor noch nicht bei ihr gesehen hatte. Rasch beendete der Journalist das Telefonat mit Küpper und ließ Gisela durchstellen.

Sie schien zu weinen, nur stockend redete die Frau von einem Brief an ihn, ohne Absender, mit der Drohung, es werde etwas passieren, wenn er weiterhin seine Nase in Dinge stecken würde, die ihn nichts angingen. Gisela schluchzte laut auf: „Ich habe Angst, Helmut."

Bahn ließ alles stehen und liegen und fuhr schnurstracks zur Boisdorfer Siedlung. Weinend fiel

142

ihm Gisela um den Hals, und er hatte große Mühe, sie zu beruhigen. Sanft schob er sie auf die Eckbank in der Küche und setzte sich neben sie. Auf dem Tisch bemerkte er ein einzelnes Blatt, das er vorsichtig in die Hand nahm.

„Bahn, lass die Finger von Sachen, die dich nichts angehen!", stand darauf mit einer Schreibmaschine geschrieben. „Wenn du zu weit gehst, gibt es keine Zukunft für dich. Wir meinen es ernst."

Das Blatt hatte in einem Briefumschlag gesteckt, auf dem ebenfalls mit der Schreibmaschine seine Adresse getippt war. Der Brief war vom Postboten durch den Türschlitz in den Hausflur geworfen worden.

„Was soll der Scheiß?", schimpfte Bahn. Er war aufgestanden und lief nervös durch den Raum. Was hatte er getan? Was sollte er unterlassen? „Ich kann mir keinen Reim auf diese Schmiererein machen. Die interessieren mich überhaupt nicht."

„Aber mich", sagte Gisela schluchzend, „ich will nicht, dass dir etwas passiert."

Bahn setzte sich wieder neben sie und nahm sie in den Arm. „Es wird garantiert nichts passieren. Solche Schreiben bekomme ich immer wieder in der Redaktion", log er, „das sind Wichtigtuer, mehr nicht."

„Ich will aber, dass du den Brief ernst nimmst und ihn Küpper zeigst. Versprich mir das!"

143

„Okay, okay", beruhigte Bahn seine Braut, „ich fahre gleich bei ihm vorbei und sage dir anschließend Bescheid. Du brauchst dir wirklich keine Sorgen zu machen."

Gisela sah ihn mit Tränen in den Augen an. „Ich will doch nur, dass dir nichts passiert. Verstehst du das denn nicht?"

Er verstand sie nur zu gut.

„Helmut, in welches Wespennest bist du denn jetzt wieder getreten?" Küpper rieb sich ungläubig die Augen, nachdem er die wenigen Zeilen des Drohbriefes gelesen hatte. Der Kriminalist nahm das Schreiben ernst, das ihm Bahn ins Büro gebracht hatte.

„Das kann doch nur etwas mit der Drogenszene zu tun haben", vermutete Bahn. Es hatte keinen Zweck, vor Küpper um den heißen Brei herumzureden. „Ich habe zwei Gespräche mit Fixern geführt, einer davon ist seit der Nacht zum Sonntag tot."

„Der hat dir garantiert nicht diesen Liebesbrief geschrieben", meinte der Bernhardiner nach einem kurzen Blick auf den Poststempel. „Der Brief ist wahrscheinlich erst gestern Morgen beim Postamt eingeworfen worden."

„Ich vermute, der Brief stammt von einem Typen, mit dem mein toter Gesprächspartner nach unserer Unterhaltung Kontakt hatte", sagte Bahn. „Aber was das soll, weiß ich natürlich nicht. Ich habe in

Arnoldsweiler meine Visitenkarte hinterlassen, daher hat der Typ bestimmt meine Privatadresse."

„Du erleichterst uns die Arbeit ungemein", entgegnete der Kommissar schmunzelnd. „Wir brauchen jetzt nur noch nach einem Typen aus der Drogenszene zu suchen, der eine rote Visitenkarte von dir durch die Gegend schleppt. Das dürfte nicht schwer sein." Er erhob sich aus seinem Ledersessel. „Mit deiner gütigen Erlaubnis mache ich eine Kopie für dich und lasse das Original einmal untersuchen. Vielleicht finden unsere Spezialisten ja Hinweise oder brauchbare Spuren."

„Glaubst du, ich habe tatsächlich etwas zu befürchten?" Ganz geheuer fühlte sich Bahn inzwischen nicht mehr.

Der Kommissar betrachtete ihn mit seinem betrübten Blick. „Ich glaube es nicht. Das sind die üblichen Drohgebärden von Schwächlingen, um unliebsame Zeitgenossen einzuschüchtern." Er lächelte kurz. „Die schlitzen dir höchstens einmal die Autoreifen auf." Er wurde wieder ernst. „Die wollen alles im Keim ersticken, was denen gefährlich werden könnte. Aber die werden niemals zu Gewalt gegen Personen greifen, denn dadurch würden sie zu viel Aufmerksamkeit erregen. Du kannst unbesorgt sein, mein Freund." Küpper griff zum Telefon. „Wenn du erlaubst, beruhige ich Gisela, die glaubt mir wahrscheinlich eher als dir."

Für Waldhausen war es klar, als Bahn ihm am Nachmittag den Brief zeigte: „Da machen wir eine Supergeschichte daraus." Die Drohung passe doch gut in den Zusammenhang mit den Drogensüchtigen. „Tageblatt-Redakteur will nicht an Zufall glauben, stößt bei Recherche auf eine Mauer des Schweigens und erhält Drohbrief, nachdem ein Informant tot aufgefunden wird." Waldhausen rieb sich zufrieden die Hände. „An die Geschichte kommt garantiert keiner heran. Die ist so gut, die glaubt uns niemand", fügte er einen seiner Standardsätze an.

„Deshalb bringen wir sie auch nicht", sagte Bahn prompt. Ihm behagte Waldhausens Vorschlag überhaupt nicht. „Ich finde es besser, wenn wir zunächst gar nicht darauf reagieren. Wir haben nichts davon, außer Ärger. Nein!", für Bahn stand es fest. „Das kommt nicht ins Blatt."

Waldhausen sah seinen Freund kurz an und ging dann wortlos aus dem Zimmer. Wenige Minuten später kam er zurück. „Wie du meinst", sagte er, „Thea hält auch nichts von einer Veröffentlichung." Er grinste: „Womit machen wir die Zeitung zu, wenn du mich nicht machen lässt und meine Suche nach dem anonymen Briefschreiber und Marokkanerfeind im Sande verlaufen ist?"

„Mit dem üblichen Zeug", antwortete Bahn lässig. „Die Reste vom Wochenende, deine Brandanschläge ohne Presseauskünfte und meine neuen

Drogentoten ohne Drohbrief. Das wäre doch gelacht, wenn wir damit kein Blättchen machen können."

„Vergiss unseren Bürgermeister nicht", ergänzte Thea, die mit einem Fax in der Hand ins Zimmer getreten war. „Er ist wieder zu Tode betrübt."

„Wirf es in den Papierkorb", brummte Waldhausen, „wir brauchen ihn nicht."

„Wir brauchen ihn wohl", widersprach Bahn, der das Fax entgegengenommen hatte. „Dieses Mal hat es Walter mit den Drogentoten. Es sei ein Unding, dass es so viele Drogentote in Düren gebe. Hier versage die Polizei, sie müsse vermehrt Streife fahren. Er lasse nicht zu, dass Düren wegen des Versagens der Polizei, das Drogenproblem in den Griff zu bekommen, seinen guten Ruf aufs Spiel setzt", schilderte Bahn den Inhalt des Faxes.

„Der spinnt, der Typ", schimpfte Waldhausen und überflog das Papier. „Erst fordert er alle Polizisten zum Schutze aller Ausländer an, jetzt sollen alle Polizisten die Drogensucht bekämpfen. Und morgen fordert Walter garantiert den Schutz aller Obstwiesen, weil bei einem Bauern eine Birne gestohlen wurde. Der hat sämtlichen Sinn für die Realität verloren und keine Bodenhaftung mehr, der ist nur noch populistisch."

Thea und Bahn sahen sich frohlockend an, sie wussten, was jetzt folgen würde.

147

„Wer dem Heini bei der nächsten Wahl immer noch seine Stimme gibt, dem ist wahrlich nicht mehr zu helfen", sagte Waldhausen verärgert.

„Tja, es gibt halt nicht nur Drogensüchtige", fiel ihm Bahn ins Wort, „es gibt auch Waltersüchtige. Die sind durch ihre Sucht so blind, die wollen die Wirklichkeit überhaupt nicht mehr wahrnehmen."

„Armes Düren", stöhnte Waldhausen auf und zog sich in sein Zimmer zurück. „Zwei, drei, vier und fünf haben die Kollegen schon gemacht", rief er Bahn noch zu. „Die Eins machen wir beide. In zehn Minuten ist Planungskonferenz." Er hielt kurz an. „Thea, zum Diktat!", sagte er dann bestimmend.

Bahn grinste. „Thea, zum Diktat!", echote er. „Der will garantiert mit dir besprechen, was ihr heute Abend machen wollt. Kommt doch vorbei!", schlug er vor, „Gisela freut sich bestimmt."

Warum Thea lachte, als sie aus Waldhausens Büro zurückkam, verstand Bahn nicht. „Alles klar wegen heute Abend", sagte sie, „Fritz ist einverstanden."

„Muss ich Gisela Bescheid sagen?"

„Nein", antwortete Thea, „das Treffen habe ich mit ihr doch längst schon heute Morgen ausgemacht."

Hackfleisch

Der gemeinsame Abend verlief beileibe nicht so, wie Waldhausen und Bahn es erwartet hatten. Sie hätten gerne über die Zeitung und die Redaktion geredet; wie immer, wenn sie zusammensaßen, die Frauen hingegen hatten dafür kein Gehör. Sie machten die Hochzeit zum Thema, das immer noch fehlende Brautkleid, die neuen Anzüge, die Bahn und auch Waldhausen dringend brauchten, obwohl sie vehement widersprachen, und die Hochzeitsfeier.

„Was hast du dir eigentlich vorgestellt?", fragte Thea Bahn, der sie sprachlos anstaunte.

Was sollte er sich schon vorgestellt haben? Er würde mit Gisela vor den Standesbeamten treten, sein Jawort geben, notgedrungen ein Papier unterzeichnen, noch in die Kirche gehen, und das war's dann.

„Kein Umtrunk, keine Feier?" Thea schien entgeistert. „Was ist mit deinen Trauzeugen? Willst du die etwa mit einem feuchten Händedruck wieder nach Hause schicken? Ich jedenfalls gehe nicht!" Es müsse gefeiert werden, wo, das wäre ihr egal. Posthotel oder Stadthalle, Hotel Germania oder Birkesdorfer Festhalle, das sei ihr einerlei. Auf jeden Fall müsse es eine kleine Feier für die Trauzeugen geben.

„Dann gehen wir eben zum Max", schlug Waldhausen launisch vor. Ihm schwante schon, dass Bahns Hochzeit so etwas wie eine Generalprobe für seine eigene werden könnte. Da galt es, den Anfängen zu wehren. „Ich bin dafür, das glückliche Brautpaar fährt nach Hause, die Trauzeugen essen sich ein paar Gehacktesbrötchen und ich fahre in die Redaktion", sagte er trocken.

„Du bist ein Kindskopf und bleibst ein Kindskopf", sagte Thea gelassen. „Aber ich kriege dich schon hin, du wirst auch einmal erwachsen." Sie drehte sich von ihm ab und wandte sich Gisela zu. Laut plappernd blätterten sie in einem Modekatalog.

„Wir wären besser mit Küpper zum Stollenwerk gegangen", flüsterte Bahn seinem Freund zu.

„Was nicht ist, kann noch werden", gab sich Waldhausen zweckoptimistisch. „Wir können es ja einmal mit Telepathie versuchen." Intensiv starrte er das Telefon an und schreckte auf, als es sofort darauf klingelte.

Aus Erfahrung klug geworden, ließ Bahn das Gerät mehrmals läuten. Es kam häufiger vor, dass wegen Fehlschaltungen bei der Post ein ein- oder zweimaliges Klingelzeichen ertönte und die Leitung still blieb.

Jansen war am Telefon. „Hier ist der liebe Gottfried", flötete der Informant, womit Bahn wusste, dass etwas Ernsthaftes passiert sein musste.

„Zur Sache, mein Goldstück!", forderte Bahn ihn barsch auf und griff zu einem Stift. Konzentriert notierte er sich einige Stichworte. „Alles klar", sagte er dann, „Toter am Konrad-Adenauer-Platz, vermutlich nach einer Rangelei mit einem Messer erstochen."

„Kommst du mit?" Bahns Frage war überflüssig. Er hatte sich kaum erhoben, da stand Waldhausen auch schon neben ihm.

„Du knipst, ich schreibe", schlug der Lokalchef vor. Bahn musste grinsen. „Du willst doch nur mit, damit du hier nicht unter die Hochzeitsräder kommst", sagte er, während er den Escort in die Innenstadt knüppelte.

Schon von weitem sahen sie die grellen Scheinwerfer, mit denen die Feuerwehr eine Fläche im Konrad-Adenauer-Park ausleuchtete. Eine dichte Gruppe verschiedener, noch belaubter Büsche wurde taghell angestrahlt. Feuerwehrleute und Sanitäter lungerten gelangweilt an ihren Fahrzeugen herum, ein Leichenwagen war an der Seite geparkt worden, die Polizisten liefen mit gesenkten Köpfen und mit Taschenlampen versehen umher.

Küppers Assistent Wenzel trieb die Kollegen unaufhörlich an. Es müssten Beweismittel zu finden sein, rief er, sie sollten auf Fußabdrücke achten und sie sollten gefälligst die Augen offen halten.

Als der Kommissar Bahn und Waldhausen erblickte, lief er rot an. „Verschwinden Sie von hier! Sie haben hier nichts zu suchen, Sie stören nur den Polizeieinsatz." Wütend baute er sich vor den beiden Journalisten auf. „Wenn Sie nicht sofort vom Einsatzort verschwinden, lasse ich Sie auf der Stelle verhaften."

Das habe er unlängst schon einmal mitgemacht, entgegnete Bahn gelassen und blickte sich um. „Wo ist Ihr Chef?", fragte er Wenzel, doch dann fiel es ihm ein. Küpper hatte es ihm vor ein paar Tagen gesagt, dass er zu einem Seminar nach Münster müsste.

Der massige Inspektor plusterte sich auf. „Ich bin heute der Chef und ich gebe Ihnen jetzt die dringende Aufforderung, unverzüglich von hier zu verschwinden. Sie stehen nur im Weg herum."

„Der Krupp auch?" Waldhausen hatte den jungen Kollegen der DZ entdeckt, der zwischen den Polizisten umherwuselte und fotografierte.

„Der hat von mir die ausdrückliche Erlaubnis, den Tatort zu dokumentieren. Ich habe ihn mit polizeilichen Befugnissen versehen", antwortete Wenzel giftig. „Und jetzt verschwinden Sie endlich!"

„Was macht der Fotograf dahinten?" Fragend hatte sich aus dem Dunkeln ein Mann genähert und hinderte Waldhausen damit daran, zu protestieren.

Wenzel schluckte, als er Staatsanwalt Banken erkannte, und erklärte stotternd Krupps Funktion.

152

Doch konnte er Banken damit nicht überzeugen. „Was will denn der mit seiner Autofocus ablichten, der bekommt doch nie eine Totale hin? Der Mann verschwindet auf der Stelle, Herr Kommissar!", befahl Banken streng. „Du bist an der Reihe, Helmut!" Wieder schoss Wenzel die Zornesröte ins Gesicht. Er musste sich sehr zurückhalten, als Bahn frech grinsend an ihm vorbeiging.

„Merkwürdiges Presseverhalten", meinte Banken zu Waldhausen, „entweder alle oder keiner. Jetzt kann sich Bahn austoben."

„Was hat sich denn abgespielt?" Waldhausen nutzte die Gelegenheit sofort aus. „Ich habe gehört, dass ein Mann durch Messerstiche ermordet worden ist. Stimmt das?"

Banken sah den Journalisten musternd an. „Von wem haben Sie die Information?"

„Von Bahn", antwortete Waldhausen gelassen. Das war wieder das ständige Spielchen vom Informantenschutz. „Wenn Sie jetzt von mir wissen wollen, woher Bahn die Information hat, kann ich Ihnen nur empfehlen, ihn selbst danach zu fragen."

Für einen Augenblick zuckte der Staatsanwalt. Dann lächelte er. „Sie sind ein gutes Gespann, hat mir Küpper gesagt. Sie kriegen vieles heraus. Er hat's mir gesagt, aber ich weiß es auch von Gisela." Er forderte Waldhausen auf, ihn zu begleiten. „Haben Sie Furcht vor Leichen?"

„Das nicht gerade", antwortete der Lokalchef, „aber sie müssen nicht unbedingt sein." In seiner Rangliste der Toten, die er wie wohl fast jeder Lokaljournalist im Laufe seines Berufslebens aufgestellt hatte, waren die Menschen, die beim furchtbaren Nebelunfall vor mehr als zehn Jahren auf der Autobahn zwischen Köln und Aachen bis zum Skelett verbrannt hinter dem Lenkrad saßen, diejenigen, die ihm unvergesslich bleiben würden. Auch den kopflosen Körper im Straßengraben nach dem Verkehrsunfall, bei dem der Autofahrer durch die Windschutzscheibe geschleudert und enthauptet wurde, konnte er nie vergessen, zumal er beim Fotografieren im Rübenfeld über den Kopf ausgerutscht und der Länge lang hingefallen war. Da würde ihm ein Mordopfer nicht gerade einen Kälteschauer über den Rücken jagen.

Waldhausen beobachtete Bahn, der die Leiche ablichtete, nachdem zwei Sanitäter das Leichentuch angehoben hatten.

Bahn schüttelte den Kopf. Nein, sollte das wohl heißen, den kenne ich nicht.

„Kennen Sie etwa das Opfer, Herr Banken?", fragte Waldhausen.

„Persönlich habe ich keine Bekanntschaft mit ihm gemacht", antwortete der Staatsanwalt prompt und grinste.

Auch Waldhausen schmunzelte. Wie konnte er auch eine derart ungeschickte Fragestellung wählen? „Ist es Ihnen oder einem Ihrer Mitarbeiter inzwischen gelungen, den Namen des Ermordeten herauszufinden, wobei ich einmal unterstelle, dass es sich um einen Mord handelt?"

„Sehr gut", lachte Banken. „Es handelt sich bei dem Toten um einen Türken namens Ali Esmett, 39 Jahre alt, wohnhaft an der Breslauer Straße, ledig, von Beruf Kaufmann", gab der Staatsanwalt bereitwillig Auskunft. „Das sind die Fakten, die wir ermittelt haben, und die ich heute um Mitternacht in einer improvisierten Pressekonferenz nennen werde."

„Ich würde Sie bei der PK fragen, ob das Opfer in den Polizeiakten vermerkt ist."

„Und ich würde sagen: Nein. Es gab zwar Vermutungen und Ermittlungen wegen diverser Rauschgiftdelikte, aber es ist zu keiner Verhandlung gekommen. Die Ermittlungen wurden immer ergebnislos eingestellt. Esmett hat eine absolut reine Weste."

„Wie ist er ermordet worden?", fragte Waldhausen. Verdammt, fluchte er in sich hinein, die Frage war wieder nicht richtig gestellt.

Aber Banken hörte großzügig darüber hinweg. „Es hat den Anschein, als sei er hier in einen Hinterhalt gelockt und ins Gebüsch gedrängt worden. Angeblich, so wollen Zeugen gesehen haben, sei er von vier oder fünf Männern geschubst und gestoßen worden. Tatsache ist jedenfalls, dass er durch zahlreiche Messerstiche im gesamten Körper getötet wurde und Tatsache ist auch, dass es mindestens

155

zwei verschiedene Messer als Tatwaffen gibt. Das hat die erste ärztliche Untersuchung ergeben." Nähere Aufschlüsse erwarte er durch die Obduktion.

Banken sah Waldhausen lange an. „Noch eine Information habe ich für Sie, die Sie aber nicht verwenden können, weil ich sie noch nicht offiziell mache. Der Mann hatte vier verschiedene Handys bei sich für vier verschiedene Telefonnetze. Fragen Sie mich aber bitte nicht nach dem Grund. Ich kann nur hoffen, dass mir die Telefongesellschaften die Gesprächsverzeichnisse zur Verfügung stellen. Dann weiß ich vielleicht mehr." Aber allzu große Erwartungen, dass ihm die Gesellschaften das Anliegen erfüllen werde, habe er nicht. „Da müsste ich schon handfest beweisen können, dass Esmett als Krimineller in kriminelle Machenschaften verwickelt war und dabei die Handys benutzte."

„Und dafür gibt es keinerlei Anzeichen", ergänzte Waldhausen, woraufhin Banken bestätigend nickte.

„Da kommt ja mein zukünftiger Vetter", sagte er mit Blick auf Bahn, der gemächlich auf sie zuschlenderte.

„Lasst ihr den Boden abtragen?", fragte der Journalist lässig. „Das Erdreich ist vollkommen mit Blut durchtränkt. Der Typ dürfte keinen Tropfen mehr im Leib haben." Bahn sah seinen Lokalchef an. „Die haben richtig Gehacktes aus dem gemacht, sieht appetitlich aus."

Warum Waldhausen und Banken das Gesicht verzogen, verstand er nicht. Bahn schien nicht sonderlich gerührt, für ihn war das ein Toter von vielen, die ihm nicht nahe gingen; das Ableben von Kirmes-Schmitz oder der jungen Krankenschwester aus Birkesdorf hatte ihm viel mehr zu schaffen gemacht. Von seinem schlimmsten Todesfund hatte er selbst Gisela noch nie erzählt und er würde es auch niemandem erzählen, bis er die endgültige Gewissheit hatte über die Vermutung, die er schon seit vielen Jahren mit sich herumschleppte.

„Dein Toter heißt schlicht und einfach Ali Esmett", klärte ihn Banken auf. „Da hast du mit deinem Gehacktesvergleich voll ins Schwarze getroffen."

Bahn nahm die Erklärung ungerührt auf. „Ali sieht aus wie ein ganz normaler Türke", schilderte er seine Eindrücke. „Der ist mir im Straßenbild von Düren nie aufgefallen. Ali wird wohl in den türkischen Cafés in Norddüren gesessen haben und sein Leben mit Handel und Wandel verbracht haben, denke ich jedenfalls. Ein lieber Mann, würde ich sagen."

„Ein lieber Mann, der jetzt als Opfer eines Mordes das Erdreich im Konrad-Adenauer-Park benässt", bemerkte Waldhausen ironisch. „Passt das zusammen?"

„Ich weiß es nicht und wir werden es vielleicht nie erfahren", antwortete Banken, obwohl Waldhausen seinen Kollegen angesprochen hatte. „Offensichtlich war es kein Raubüberfall, der Mann hat noch seine Handys, seine Papiere, seinen Schmuck und seine Geldbörse mit immerhin 800 Mark dabei."

„Also auch kein Fall von Beschaffungskriminalität?", vermutete Bahn.

„So wird es wohl sein", bestätigte Banken, der den beiden Journalisten die Hand zum Abschiedsgruß reichte. „Es ist wohl nicht erforderlich, dass wir uns gleich bei der PK wiedersehen", sagte er zu Waldhausen, „falls sich überraschenderweise etwas Neues ergeben sollte, informiere ich Sie unverzüglich."

Die Leiche von Esmett wurde gerade in einem Leichenwagen verfrachtet und zur Obduktion gebracht. Noch einmal scheuchte Wenzel die Streifenpolizisten durch das Gelände, während Banken mit den anderen Medienvertretern sprach. Inzwischen hatten sich auch Rundfunkreporter eingefunden.

„Jetzt fehlt nur noch irgendein Männlein mit einer Videokamera, der hier filmt und seinen Scheiß meistbietend verscherbelt", knurrte Bahn, der das hektische Treiben verärgert beobachtete.

„Ich muss an Walter denken und seine Forderung, verstärkt Ausländer zu beschützen und die Drogenszene zu überwachen. Wie soll das alles gehen?", meinte Waldhausen nachdenklich.

Als sie zur Kampstraße zurückkehrten, hatte es den Anschein, als hätten Gisela und Thea sie überhaupt nicht vermisst.

Die beiden Frauen unterhielten sich immer noch angeregt über die Hochzeit. Es sei alles klar, man habe eine Gästeliste, die sie morgen abfragen würde, erklärte Gisela strahlend. Der Inhaber des Stadtparkrestaurants habe ihr eben am Telefon ein Angebot für die Feier gemacht. Das Hotel Germania werde sich morgen melden. „Jetzt fehlt nur noch die Kleidung für dich und mich."

„Und für mich und dich", fügte Thea rasch mit einem Blick auf Waldhausen hinzu. „Als Begleiter der Trauzeugin und Freund der Familie Bahn brauchst auch du einen neuen Anzug, nicht nur Helmut. Dann willst du bestimmt nicht, dass die Trauzeugin in Lumpen gekleidet daherläuft, oder?" Thea sah Waldhausen mit ihren großen, braunen Rehaugen an und hatte ihn damit schon überzeugt.

Darüber brauchten sie nicht mehr zu diskutieren. „Wer ist eigentlich dein Trauzeuge, Helmut?", fragte Waldhausen stattdessen beiläufig seinen Freund.

„Küpper natürlich", antwortete Bahn spontan.

„Weiß der denn schon Bescheid?", hakte Thea skeptisch nach.

„Wozu?" Bahn war irritiert. „Der hat doch immer Zeit." Er hatte sich gedacht, es würde ausreichen, den Bernhardiner kurzfristig zu informieren. „Der kommt bestimmt, auf den ist Verlass!"

„Um alle Eventualitäten auszuschalten, bekommst du jetzt von mir den dienstlichen Befehl, deinen

Freund Küpper höchstpersönlich und morgen in aller Frühe auf seine Funktion als Trauzeuge hinzuweisen. Hast du das verstanden, mein Liebster?" Gisela gab sich resolut. „Männer kann man nur für das Eine gebrauchen, alles andere nehmen Frauen besser selbst in die Hand", lästerte sie.

„Was ist denn das andere?", fragte Waldhausen provokant und erntete augenblicklich böse Blicke der beiden Frauen.

„Für den Abwasch und den Werkzeugkasten natürlich, dafür können wir euch gebrauchen, oder hast du etwa an etwas anderes gedacht", fuhr ihn Thea an, um dann nach seiner Hand zu greifen und ihn zärtlich anzulächeln. „Wir müssen zu Konrad junior, lass uns fahren!"

Waldhausen verstand nicht. Theas Sohn war doch bei den Großeltern. Aber er widersprach nicht und verabschiedete sich gehorsam.

Bahn hatte sich mit Küpper zum Absacker im Nachrichten-Treff am Ahrweilerplatz verabredet. Der Kommissar war erst am Morgen von der Dienstreise zurückgekehrt und hatte um den späten Termin gebeten. Er hatte zuerst im Büro nach dem Rechten sehen wollen. „Der Esmett liegt noch auf meinem Schreibtisch", hatte er gescherzt, als Bahn danach fragte, sich mit ihm zu treffen. „Vielleicht gibt es bis dahin auch Neuigkeiten von unseren Freunden aus der Szene."

160

„Oder neue Kantonisten", hatte Bahn zynisch hinzugefügt.

Zum Mord an Esmett hatte die Polizei in ihrem Pressefax nur ergänzend zu melden, dass das Opfer Mitinhaber eines Lebensmittelgeschäfts an der Alten Jülicher Straße gewesen war, dort, wo sich die türkische Hochburg in Düren befand.

‚Das ist fast in der Nähe unserer Drogenfreundin', erinnerte sich Bahn an seinen Besuch bei der Süchtigen. Aber das war sicherlich auch nur ein Zufall.

Gelangweilt lungerte er in Waldhausens Büro im Besuchersessel. „Einfach nichts los im Dorf", nörgelte er.

„Sag' das deiner Frau! Die nimmt dich sofort ans Schlafittchen und schleppt dich durch die Modegeschäfte", konterte Waldhausen lächelnd.

Bahn ohne Aktion, das war wie ein Goldfisch ohne Wasser. Bahn konnte einfach nicht ruhig und gelassen die Zeit verstreichen lassen, er musste immer etwas erledigen, recherchieren.

„Nicht mehr lange, dann beginnt wieder die Karnevalszeit", tröstete der Lokalchef seinen Freund, „dann kannst du wieder auf Ordensfang gehen."

Bahn und die Sammlung seiner Karnevalsorden, das war ein Kapitel für sich, das in den Kreisen der Karnevalisten sogar schon einmal fast zu einem Eklat geführt hatte. Bahn nagelte alle Orden, die ihm bei den verschiedenen Sitzungen im Laufe einer Session umgehängt wurden, in seiner Gästetoilette an die Wand; dort würden sie garantiert mehr beachtet als in einer Holzkiste, hatte er dazu gemeint.

Der Oberfunktionär einer Karnevalsgesellschaft, der einmal bei Bahn zu Besuch gewesen war, hatte hingegen die Präsentation des närrischen Metalls vollkommen anders interpretiert und von einer Missachtung des närrischen Brauchtums gesprochen. Er hatte Waldhausen in einem bitterbösen Brief aufgefordert, dafür Sorge zu tragen, dass Bahn die Orden aus der Toilette entfernt. Anderenfalls wolle man Bahn nicht mehr bei karnevalistischen Veranstaltungen sehen und auf seine Berichterstattung verzichten.

Waldhausen hatte Bahn den Brief gegeben mit der Bemerkung: „Scheiß' darauf!"

Aber Bahn hatte diese Aufforderung nicht befolgt.

„Den Brief hänge ich glatt neben meine Orden."

Nach einem Einkaufsbummel mit Gisela stand Bahn nicht der Sinn. Er entschloss sich, am Telefon sein Glück bei Wassermann in Marburg zu versuchen. Vielleicht hatte der junge Mann noch etwas über das Ableben seiner Zwillingsschwester gehört.

„Das Thema ist doch durch, Herr Bahn", erwiderte der Student ruhig. „Das bringt doch nichts mehr."

Ihm brächte das Thema aber gewaltig Arbeit und Ärger, erklärte Bahn. „Hier sterben nicht nur die Drogensüchtigen wie die Fliegen, übrigens rein zufällig, wie unsere Polizei meint, und ich bekomme einen Drohbrief."

„Und jetzt lassen Sie die Finger von der Sache?"

„Würde ich gerne", sagte Bahn entgegen seiner Überzeugung. „Ich bin nur gespannt, wie es weitergehen wird."

„Es geht nicht weiter, Herr Bahn. Ich glaube, die Sache verläuft im Sande." Das sei immer so. Eine ähnliche Serie habe es vor kurzem auch in Marburg gegeben. „Das ist ein Spuk, der auftaucht und urplötzlich wieder vorbei ist." Wassermann hustete kurz. „Dafür gibt es dann andere Dinge. Ich kann mir nicht vorstellen, dass Ihr Zeitungsleben jetzt langweiliger wird."

„Das stimmt", pflichtete ihm der Journalist bei. „Gestern gab es einen toten Türken, der zu viele Messerstiche mitbekommen hat."

Wassermann schwieg kurz. „Da haben Sie es doch", sagte er anschließend, „da kommt schon das nächste Thema auf Sie zugeflogen: Ein schöner, einfacher Mord, der so viele offene Fragen hinterlässt. Da lässt sich garantiert viel mehr daraus machen als aus einem Selbstmord eines süchtigen Liebespärchens oder dem Ableben irgendwelcher Drogensüchtiger." Die Ironie in seiner Stimme war unüberhörbar.

‚Er ist doch noch nicht über den Tod seiner Schwester hinweg', dachte sich Bahn. „Ich werde Sie auf dem Laufenden halten", bot er Wassermann an.

Schaden könne es gewiss nicht, entgegnete der Student. Bahn wisse ja, wo er ihn finden könne. Ob er ihm denn einen Gefallen tun könne und ihm den Drohbrief zufaxen würde. „Das rundet dann mein Bild von der Rauschgiftszene in Düren ab", sagte er spöttisch. Er nannte Bahn eine Faxnummer in Marburg, nachdem ihm der Journalist bereitwillig den Brief zugesagt hatte.

Endstation

Bahn hatte das Telefonat mit Wassermann kaum beendet und wollte hinter Waldhausen her, der sich gerade in der Mittagspause auf den Weg zum „Zeppelin" gemacht hatte, als es zaghaft an der Redaktionstür klopfte.

‚Das war mal wieder typisch', moserte Bahn vor sich hin. Immer, wenn er allein in der Redaktion war, passierte so etwas. ‚Wofür haben wir eigentlich Sekretärinnen?', fragte er sich.

Zornig riss er die Tür auf und verschreckte dadurch eine Frau, die ihn verängstigt ansah. Die kenne ich doch, durchfuhr es ihn und er erinnerte sich. Vor ihm stand die junge Frau aus der Wohnung in Norddüren.

Schnell bat er sie in die Redaktion und verschloss die Tür, nachdem er sich vergewissert hatte, dass ihr niemand gefolgt war.

„Keine Angst", sagte die Frau, die im Flur stehen blieb und ihn nervös beobachtete, „ich bin alleine gekommen."

Was sie von ihm wolle und wieso sie ihn hier gefunden habe, herrschte Bahn sie an. Er spürte, wie sich sein Magen langsam verkrampfte.

Sein barscher Tonfall ließ die Frau zusammenzucken. Verlegen sah sie an ihm vorbei. Sie habe angenommen, dass er Journalist sei, antwortete sie leise, sie habe deshalb alle Redaktionen in Düren abgeklappert. „Das Tageblatt ist die letzte Station bei meiner Suche", sagte sie mit einem flüchtigen Lächeln.

‚Sie muss wirklich einmal sehr schön gewesen sein', dachte sich Bahn, der die Frau intensiv, aber auch mit etwas Unbehagen musterte.

Das lange, braune Haar hing ungepflegt über ihre Schultern, die braunen Augen lagen tief in dunklen Höhlen, mager war das Gesicht, die schmalen Hände bestanden nur noch aus Knochen und Haut.

‚Die ist körperlich ein Wrack', erkannte Bahn. Ob die überhaupt noch ohne Stoff leben konnte? Sein Herz pochte, langsam kam die böse Erinnerung zurück.

Was sie von ihm wolle, wiederholte er sich. Was er für sie tun könne, fragte er die Frau, die am ganzen Körper leicht zitterte, als würde sie frieren.

Er solle ihr 100 Mark geben und sie würde ihm alles sagen, antwortete sie leise.

Bahn spürte den Stich, der durch seinen Kopf schoss. Jetzt kam sie wieder hoch, die Erinnerung, die fatale Erinnerung aus seiner Anfangszeit als Journalist. Sie machte ihn unruhig. „Was ist alles?" Bahn war zwar nicht bereit, Geld zu zahlen, aber es interessierte ihn schon, was die Frau ihm zu sagen hatte.

„Alles ist das, was sie damals von mir in der Wohnung wissen wollten."

„Das habe ich doch schon längst erfahren", behauptete Bahn forsch, obwohl er sich elend fühlte. Das Blut pochte in seinen Schläfen. „Dafür brauche ich Sie nicht mehr."

„Von Paule?"

Bahn lachte spöttisch auf. „Ich werde ausgerechnet Ihnen verraten, von wem ich was weiß. Das fehlt mir noch." Er folgte der Frau, die unaufgefordert aus dem Flur in sein Zimmer gegangen war und sich auf einen Besucherstuhl gesetzt hatte.

„Paule ist ohnehin tot", sagte sie traurig, „dem schadet es nicht mehr." Sie seufzte kurz und sah Bahn fragend an. „Was ist mit den 100 Mark?"

„Wofür? Damit Sie sich etwa eine neue Ladung besorgen können?" Bahn lehnte entschieden ab. ‚Nein, nicht noch einmal', stöhnte er in sich hinein.

166

„Sie bekommen alles, auch mich", sagte die Frau stockend und begann, ihre verdreckte Jacke aufzuknöpfen.

„Ich schmeiße dich hochkantig heraus", drohte Bahn, „wenn du dich nicht sofort vernünftig benimmst." Er war zornig, wollte nicht noch einmal das mitmachen, was er miterlebt hatte.

Damals hatte er anders gehandelt; damals als die junge, attraktive Frau nachmittags vor ihm gestanden hatte, zitternd, alkoholkrank. Er hatte ihr 100 Mark gegeben. Auch sie hatte ihm gesagt: „Du bekommst alles, auch mich."

Er hatte damals alles bekommen und sich danach angewidert gefühlt.

Die Frau hatte das Geld genommen und war gegangen. In der Nacht wurde sie von einem Zug überfahren. Volltrunken hatte sie den Gleisstrang mit dem daneben liegenden Fußweg verwechselt.

Bahn fühlte sich schuldig und er schwor sich, nie mehr, nie wieder würde er Süchtige bei ihrer Sucht unterstützen. Er konnte und wollte ihnen nicht helfen. Auch der jungen Frau vor ihm würde er nicht helfen.

„Ich brauche doch nur 100 Mark, mehr nicht", bettelte die Süchtige weinerlich.

„Dann hole sie dir doch von deinem guten Freund", schnauzte Bahn sie ungerührt an, „der passt doch auch sonst so gut auf dich auf."

167

Urplötzlich brach die Frau in Tränen aus. „Der ist weg, der ist heute Nacht spurlos verschwunden", schluchzte sie, „ich bin jetzt allein." In diesem Augenblick sah sie wehrlos und klein aus.

‚Auch so ein mieser Trick, auf den die Männer hereinfallen', spöttelte Bahn für sich. Genauso war es damals gewesen, und er hatte es auch glauben wollen, weil er sich ein bisschen Vergnügen erhoffte.

„Ich habe kein Geld, die Wohnung gehört mir nicht. Ich weiß nicht, wohin ich noch soll", jammerte sie.

„Aber ich weiß es", sagte Bahn entschlossen. „Am besten ist es, wenn du sofort zum Sozialamt oder zur Kirche gehen würdest. Die können dir eher helfen als ich." Ihm kam eine Idee, eine brutale Idee zwar, aber das war ihm egal. „Was machst du mit den 100 Mark?"

Ein leichter Hoffnungsschimmer zeigte sich auf dem Gesicht der ausgemergelten Frau. „Was zu essen kaufen", behauptete sie. „Ich habe Hunger."

„Kein Problem", sagte Bahn ruhig. Er wusste, dass sie gelogen hatte, und bot ihr ein Käsebrötchen an, das von der Bestellung bei Max übrig geblieben war. „Bitte schön, bediene dich."

Doch die Süchtige lehnte mit einem stummen Kopfschütteln ab.

„Du brauchst das Geld für Stoff, Heroin, nicht wahr?"

Sie nickte.

„Und von wem willst du das Zeug kaufen?"

„Ich weiß es noch nicht, ich muss mich umhören."
In der Fußgängerpassage am Bahnhof oder im Grünzug an der Rur würde sie schon jemanden finden, der ihr etwas verkaufen würde.

„Ich habe eine schöne Liste", sagte Bahn böse und langte in seinem Schreibtisch nach dem Fax von Küpper. „Die Typen kennst du bestimmt alle." Er las die Namen vor. „Fünf davon sind schon tot. Und du bist die Nächste, um was wollen wir wetten?"

Entgeistert riss die Frau die trüben Augen auf. „Woher wissen Sie?"

„Das geht dich überhaupt nichts an. Das sind alles deine Freunde, die langsam aber sicher den Löffel abgeben. Bei einigen von denen kannst du dir das Zeug abholen. Die verkaufen es dir doch sofort, so wie du auch schon verkauft hast." Bahn sah die erstarrte Frau mitleidslos an. „Ach ja, ich hab's beinahe vergessen, ihr verkauft ja nur das Zeug, das ihr verkaufen müsst, um euer eigenes Zeug bezahlen zu können. Und jetzt hat dich dein Oberfreund im Stich gelassen, ist einfach aus der Wohnung abgehauen, ohne dir ein bisschen Stoff dazulassen. Das ist aber ein Böser."

Bahn täuschte ein Bedauern vor, das er nicht empfinden konnte. Er hatte seine Lektion fürs Leben gelernt. „Du bist kaputt, mein Kind. Bald kann ich dich von meiner Liste streichen und dein Oberfreund wird dir noch nicht einmal eine Träne nachweinen. Der holt sich die nächste Perle, die für ihn die Beine breit macht und das Zeug verkauft und sich dafür mit Stoff belohnen lässt, bis sie selbst auf dem billigsten Strich keinen Stich mehr macht." Er wandte sich angeekelt ab. „Mädchen, du bist eine lebendige Leiche."

Bahn packte sie heftig an die Schultern und sah sie hart an. „Verpiss' dich und krepiere. Ich hake dich schon einmal auf meiner Liste ab."

Die junge Frau sah ihn mit gebrochenen Augen an, dann kippte sie um und sackte vom Stuhl.

‚Mist, das hat mir gerade noch gefehlt', fluchte Bahn, der eilig nach dem Telefonhörer griff und einen Rettungswagen alarmierte.

Papiere hatte die Süchtige keine bei sich, wie die Untersuchung der Ohnmächtigen durch einen Sanitäter ergab. „Die bleibt höchstens drei Tage bei uns und dann geht die wieder auf die Jagd nach Geld und Stoff", sagte er lakonisch. „Das dauert so lange, bis sie irgendwann einmal abkratzt. Und das ist bei der nicht mehr all zu weit."

Bahn schwieg dazu, er wartete auf Waldhausen, um ihm diese Geschichte zu erzählen. Gedankenversunken hatte er in der Zwischenzeit das Fax nach Marburg abgeschickt und sich nur kurz über die Empfangsbescheinigung gewundert. Aber es würde schon bei Wassermann ankommen, sagte er sich.

170

„Na, hast du mir nichts zu beichten?" Mit Spott in den Augen begrüßte ihn der Kommissar am späten Nachmittag im NT. „Bekannter Journalist aus Düren schändet wehrlose, süchtige Frau." Küpper hob beschwichtigend die Arme, als Bahn zusammenschreckte.

So ähnlich war es ihm damals gegangen. Wenn die Polizei gewollt hätte, hätte sie ihn öffentlich an den Pranger stellen können. Irgendwie hatte sie herausbekommen, dass er der letzte Freier der Alkoholikerin gewesen war.

„Ich habe bereits von deinem Pech mit dem Junkie gehört", fuhr der Kommissar fort. „Das Krankenhaus hat uns schon über unsere Kantonistin informiert. Was wollte die denn von dir?"

Wie zuvor Waldhausen, so hörte auch der Bernhardiner aufmerksam zu, ohne Zwischenfragen zu stellen. „Da gibt es nur eins für uns zu tun", meinte er, nachdem er nachdenklich an seiner Kölschstange genippt hatte. „Bezahl' schon, ich muss mal kurz anrufen."

Küpper eilte zur nächsten Telefonzelle und kam wenig später atemlos zurück. „Alles klar, du kannst mitkommen, wenn du willst."

„Wohin denn?", wollte Bahn neugierig auf dem Weg zum Parkstreifen an der Annakirche wissen.

„Frag' nicht, steig' ein!", antwortete Küpper und schloss seinen weißen Dienst-Opel auf.

Schweigend beobachtete Bahn, wie der Kommissar den Wagen aus der Innenstadt hinaussteuerte und am Haus der Stadt vorbei in Richtung Bahnhof und dort links nach Norddüren fuhr.

„Es ist nicht gut, wenn unbewohnte Wohnungen nicht regelmäßig kontrolliert werden. Gelegentliche Kontrollen schrecken mögliche Einbrecher ab", sagte Küpper schließlich, und endlich verstand Bahn. Der Bernhardiner wollte mit ihm zur Behausung der jungen Frau.

„Was machst du, wenn der Typ wieder da ist?", fragte Bahn vorsichtig.

„Nichts Schlimmes. Ich werde ihn nur freundlich bitten, uns Einlass zu gewähren."

„Wenn er aber nicht will?"

„Helmut, sei doch nicht so umständlich", stöhnte Küpper. „Du machst dir über ungelegte Eier Sorgen. Ich behaupte einfach, der Typ ist nicht da." Er grinste. „Alles andere wird sich ergeben."

Der Bernhardiner behielt Recht. Weder im muffigen Hausflur noch im dunklen Treppenhaus begegnete ihnen irgendjemand. Auch das energische Klopfen an der Wohnungstür und das Klingeln blieben ohne Reaktion.

„Ich habe dir doch gesagt, dass niemand da ist", frohlockte Küpper.

Verblüfft beobachtete Bahn, wie der Kommissar aus seiner Jacke einen Dietrich zog und damit geschickt und schnell das Türschloss knackte. Sie huschten in

172

die Wohnung und Küpper legte die Sicherheitskette an der Tür ein.

„Es muss uns ja nicht unbedingt jemand überraschen", sagte er ruhig zu Bahn und sah sich neugierig um.

Bahn war erschrocken über das Chaos in den muffig riechenden Zimmern. Hier hatte wohl niemand in den letzten Monaten aufgeräumt. Schmutzige Wäsche lag haufenweise im Badezimmer, im Schlafzimmer war das Bett unter einem Kleiderberg nur zu vermuten, in den türlosen Schränken war die Wäsche ungeordnet hineingeknüllt worden, in der Küche standen die Töpfe mit Essensresten, die zum Teil schon Schimmel angesetzt hatten, ungeordnet auf Tischen und dem Ofen, in der Spüle lagen schmutzige Teller und Essbestecke.

„So kann man leben?", entfuhr es Bahn.

„So lange in der Badewanne keine Schweinehälfte liegt, von der bei Bedarf ein Stück abgeschnitten wird, geht's doch noch", erwiderte Küpper trocken. „Jetzt pass' mal auf!" Er deutete auf eine Tür, hinter der sich das Wohnzimmer befand, wie Bahn vermutete. „Mach' auf!", forderte ihn der Kommissar auf. Doch die Tür ließ sich nicht öffnen, sie war mit einem stabilen Schloss versehen.

„Das ist das Reich des Herrn", kommentierte Küpper, der erneut nach seinem Dietrich griff und erfolgreich war. „Bitte die Schuhe abtreten und vorsichtig in den Raum kommen", sagte er gut gelaunt.

Bahn staunte nicht schlecht, als er das saubere, aufgeräumte Zimmer betrat. „Das ist eine andere Welt", sagte er verwundert. Es gab ein ordentlich gemachtes Bett, einen Schreibtisch, einen Wohnzimmertisch mit Sessel und Couch und sogar einen Fernseher. „Fehlt nur noch der Computer", bemerkte er anerkennend.

„Den hat unser Freund garantiert nicht hier", sagte der Kommissar. „So sehen sie aus, die Unterschiede zwischen Leben und Tod, zwischen Drogenbeschaffer und Drogenkonsument. Das hier ist die kleine Zentrale eines kleinen Dealers, der seine kleinen Pferdchen am Laufen hält und jetzt ein großes Problem hat, weil ihm nämlich fünf seiner Pferdchen abhandengekommen sind."

Zu viele Eindrücke schwirrten durch Bahn; Eindrücke, die er nicht sortieren konnte. „Wo hat der denn das Zeug?", fragte er hilflos.

„Bestimmt nicht hier. Der hat hier immer nur die Menge auf Lager, die er gerade benötigt. Das Zeug wird normalerweise nicht auf Halde gelegt: So wie es gebraucht wird, wird es bestellt und verkauft." Irgendwo, in einer Garage oder in einer kleinen, unscheinbaren Wohnung, da habe der Kleindealer seine Warenbestände. „Dorthin beliefert ihn sein Zwischenhändler oder dort legt er die Ware ab, die er von seinem Zwischenhändler auf einem Parkplatz oder anderswo bekommen hat."

174

„Und jetzt ist der Typ verschwunden?" Bahn war immer noch erstaunt, wie jemand so skrupellos das Elend um sich herum sehen konnte und mittendrin seine eigene Kommandozentrale geschaffen hatte. So etwas hätte er unter Dürener Dächern niemals vermutet.

„Und jetzt ist er verschwunden", wiederholte der Bernhardiner. „Der ist im Prinzip auch nur ein kleiner deutscher Handlanger und muss sich wohl bei seinem Zwischenhändler, der auch sein Chef ist, rechtfertigen, denke ich mal. Da hingen doch mindestens 15 Endverbraucher an den fünf toten Junkies. Das gibt zwangsläufig Ware, die nicht verkauft ist, das ist zwangsläufig Geld, das in der Kasse fehlt. Das ist nicht gut für den Umsatz und den Profit. Ob die 15 bei unserem Freund bei der Stange bleiben oder sich andere Verkäufer suchen, ist völlig offen." Gelassen hatte der Kommissar die Situation erklärt. „Aber unser Freund wird sich garantiert bald wieder blicken lassen", vermutete er.

„Mein Kollege könnte dir bestimmt noch mehr sagen", entschuldigte sich der Bernhardiner für sein nicht vollständiges Wissen, während er den Schreibtisch in Augenschein nahm. Er flötete leise vor sich hin, was für ihn ein Zeichen höchster Konzentration war; das erinnerte Bahn jedes Mal an Theas Mann Konrad, der immer eine bestimmte Melodie geflötet hatte, wenn es spannend oder anstrengend wurde.

175

Noch etwas fiel Bahn ein, das Schramm immer gemacht hatte. Sein Freund Konrad hatte immer aufgeschrieben, was ihm passiert war. ,Das muss ich auch wieder machen', sagte sich Bahn; damals im Krankenhaus hatte es ihm sehr geholfen, wenn es ihn auch beinahe das Leben gekostet hätte. Nur flüchtig bekam er mit, dass Küpper einen Zettel einsteckte. Wahrscheinlich war er ihm aus der Tasche gefallen, dachte sich Bahn.

„Schau' mal an", sagte Küpper plötzlich. Er hatte hinter den Schreibtisch geblickt und hob einen alten Schreibmaschinenkoffer an. Schwer atmend wuchtete er den Klotz auf den Tisch. „Was glaubst du, was werden wir wohl darin finden?", frohlockte er.

„Bestimmt eine Schildkrötenkolonie", behauptete Bahn mit gespieltem Ernst. „Was willst du bloß mit einer Schreibmaschine?"

„Du hast ein Gedächtnis wie ein Sieb, mein Freund", stöhnte der Kommissar. „Ich kann mich jedenfalls noch flüchtig daran erinnern, dass dir ein unliebsamer Zeitgenosse einen nicht gerade netten Brief geschrieben hat."

Bahn schaute auf den Kasten. „Du glaubst, dass der Riese mit dieser Schreibmaschine . . .?"

Der Kommissar schüttelte bedächtig den Kopf. „Ich vermute einfach einmal, dass irgendjemand diese Schreibmaschine benutzt hat, um den Drohbrief zu verfassen. Aber das können unsere Experten leicht herausfinden." Er hatte genug gesehen. „Ich glaube,

176

wir können gehen", forderte er Bahn auf und griff nach dem Koffer.

Bahn ging vor ihm in den Flur. Beide blieben überrascht stehen, als sie hörten, dass im Türschloss ein Schlüssel gedreht wurde. Die Tür wurde aufgestoßen, aber sofort durch die Sicherheitskette zurückgeworfen.

„Mist", hörte Bahn eine grobe Stimme. Es war die des Riesen, der laut den Namen Monika brüllte. „Mach' endlich die Kette ab, du alte Schlampe. Ich habe auch etwas Schönes für dich."

Vorsichtig schob der Kommissar Bahn zur Seite und schlich in Richtung Ausgang. Doch er kam nicht weit. Mit einem Handspiegel hatte der Riese durch die Lücke geschaut und die beiden Männer offensichtlich erkannt. „Verfluchte Scheiße", hörte Bahn ihn sagen, als er die Tür heftig zuzog.

Noch schneller als Küpper war Bahn an der Tür, die er energisch aufreißen wollte. Doch er hatte die Verriegelung übersehen.

„Helmut, zurück!", schnauzte ihn der Bernhardiner an. „Das ist nichts für dich." Er hatte nach seiner Pistole gelangt und ging langsam zur Tür. „Schau' auf die Straße, ob du dort etwas siehst", forderte er den Journalisten auf.

Verunsichert trollte sich Bahn in das Zimmer des Riesen und sah aus dem Fenster nach unten. Im

gleichen Moment kam der Mann aus dem Haus ge-
rannt. Er lief auf den Gehweg und sah sich nervös
um. Wenig später war er an einer Ecke verschwunden.

Küpper zog die Sicherheitskette der Tür ab. „Du
wärst auch so nicht herausgekommen", behauptete
er und drückte die Klinke. Die Tür blieb geschlossen.
„Unser Freund hat nämlich von draußen abge-
schlossen. Hast du das etwa nicht gehört?"

„Nein", bekannte Bahn erstaunt. ,Auf was Küpper
alles achtete', sagte er sich bewundernd. ,Ich
möchte nicht wissen, was ich alles übersehe, das er
verwerten kann.'

Über Funk forderte Küpper einen Ermittlungstrupp
an, der die Wohnung untersuchen sollte. „Wir fahren zuerst einmal zurück ins NT", schlug er vor.

„Das war auch nicht koscher, was du da gemacht
hast", sagte Bahn nachdenklich, als er neben Küpper an der Theke hockte. „Das war doch Hausfrie-
densbruch, oder?"

„Wieso denn das?" Der Bernhardiner tat verblüfft.

„Zum einem mussten wir die Personalien der jungen Frau ermitteln, dann mussten wir befürchten,
dass hier etwas geschehen war, warum sonst wäre
sie bei dir zusammengeklappt, und schließlich wur-
dest du bedroht. Nötigung nennt man das und im
Rahmen dieser Ermittlungen war ein Hausbesuch
durchaus angebracht."

„Aber du hattest keinen Durchsuchungsbefehl und du hast die Tür geknackt."

„Wer behauptet das?", fragte der Kommissar streng. Er stöhnte wieder auf. „Helmut, sei doch nicht so umständlich und päpstlicher als der Papst. Alles wird sich ergeben." Der Bernhardiner schluckte zufrieden an seinem Kölsch. „Ich weiß es genau und ich weiß auch, wer heute bezahlt. Du nämlich."

Bahn hatte noch keine Lust, nach Hause zu fahren. ‚Ich muss zuerst einmal meine Gedanken sortieren', sagte er sich, als er langsam zur Pletzergasse ging. Das war alles so ungeordnet und verwirrend. Und alles sollte Zufall sein? Er konnte es nicht glauben. ‚Nein', sagte er sich, ‚ich will es nicht glauben.'

„Ich spüre, dass etwas nicht stimmt", hatte er dem Bernhardiner in der Kneipe gesagt.

Doch Küpper hatte nur stumm den Kopf geschüttelt.

Dabei hätte er es eigentlich besser wissen müssen, dachte sich Bahn. Was war mit Konrad, mit Kirmes-Schmitz oder in Birkesdorf gewesen? Ohne Bahn, und das hatte Küpper immer wieder bestätigt, wären alle diese Todesfälle als nicht weiter bemerkenswert zu den Akten gelegt worden. Aber diesmal sprach der Kommissar von Zufall, wenn Bahn etwas anderes glaubte als er selbst. ‚Doch ich komme mit meiner Annahme, es handelt sich nicht um Zufall, auch nicht weiter', gestand sich Bahn ein. Ein paar tote Fixer, Molotow-Cocktails auf ein Asylbewerber-heim, ein toter Türke, ein zweimaliger Brandan-schlag auf das Haus einer marokkanischen Familie. Was sollte da zusammenpassen? ‚Aber warum‘, und das zog er als Trumpfass bei seiner Diskussion mit sich selbst, ‚warum schickt man mir einen Droh-brief?‘ Der musste von dem Riesen stammen, davon war Bahn überzeugt. Der Junge aus Arnoldsweiler hatte bestimmt mit ihm geredet. Aber warum war Paule anschließend gestorben? War das auch Zufall gewesen?

Unruhig griff Bahn in der Redaktion zum Telefon und rief bei Küpper an. Doch war dessen Leitung be-setzt. Bahn sortierte seine verschiedenen Notizzet-tel, die er während seiner Diskussion mit sich selbst angelegt hatte, die Zeitungsausschnitte, die Nega-tive und Bilder und nahm Küppers Liste zur Hand.

„Monika“, hatte der Riese gerufen.

Monika Vasen war der Name, der mit der Anschrift in Nordduren in Einklang stand. Obwohl, und das fiel Bahn ein, die junge Frau ihm gesagt hatte, ihr würde die Wohnung nicht gehören. ‚Ich frage sie einfach danach‘, entschloss sich Bahn, der kurzer-hand das Dürener Krankenhaus anrief und darum bat, Monika Vasen zu sprechen.

Elend lange wurde er auf die Warteschleife gesetzt, ehe endlich der Telefonist an der Eingangspforte ihm erklärte, er käme zu spät. Die Frau sei auf eigene Verantwortung und in Begleitung eines großen Mannes vor wenigen Minuten aus dem Krankenhaus entlassen worden.

Das darf doch nicht sein, schoss es Bahn durch den Kopf und er bat den Mann, ihn mit der Abteilung zu verbinden.

Gerne kam der Telefonist der Bitte nach, doch holte sich Bahn nach einer nervigen Wartezeit eine Abfuhr. Gerade habe die Nachtwache den Dienst übernommen, da könne man keine weiteren Auskünfte über die Arbeit der abwesenden Kolleginnen geben, musste er sich sagen lassen. Davon wisse man nämlich nicht sehr viel.

Bahn legte wütend auf und wählte erneut Küppers Nummer. Aber immer noch war der Anschluss besetzt. Oder schon wieder, dachte sich Bahn. Er entschied sich, doch nach Hause zu fahren. Gisela würde ihn vielleicht verstehen oder auf andere Gedanken bringen. Er erschrak beim Blick auf die Uhr. Es war schon sehr spät geworden, dennoch machte er noch einen Abstecher nach Norddüren, sah dort vor dem Mietshaus, in dem Monika und der Riese gehaust hatten, einen Polizeiwagen stehen und fuhr zur Boisdorfer Siedlung.

Mecki

Zu seiner großen Verwunderung stellte Bahn fest, dass es dunkel und still in seinem Haus war. „Gisela?", rief er fragend, obwohl er sich denken konnte, dass sie nicht daheim war.

Eine unerklärliche Unruhe überkam ihn, es war in den letzten Jahren immer seltener vorgekommen, dass Gisela grußlos und ohne ihm in der Redaktion eine Nachricht zu hinterlassen, verschwunden war.

Als das Telefon klingelte, atmete Bahn auf, es würde Gisela sein.

Aber Thea war an der Leitung. Sie wollte mit Gisela reden und war erstaunt, als sie von deren Abwesenheit erfuhr.

„Wo soll sie denn sein?", fragte sie unsicher. „Ich habe doch erst vor zehn Minuten noch mit ihr gesprochen."

„Ich weiß es nicht", antwortete Bahn ungeduldig und laut. „Sie ist weg."

„Vielleicht bei ihren Eltern oder bei ihrem Vetter?"

„Doch nicht am späten Abend und ohne Hinweis."

Bahn ärgerte sich über Thea, weil sie offensichtlich versuchte, seine Besorgnis abzuschwächen, anstatt sie mit ihm zu teilen.

„Sie kann ja mit dem Taxi gefahren oder abgeholt worden sein", sagte Thea ruhig. „Du drückst jetzt die Wahlwiederholungstaste und erfährst, welches

Gespräch das letzte war, das aus eurem Haus geführt wurde. Und anschließend rufst du noch bei ihren Eltern und bei Banken an", schlug sie ihm vor.

Sofort legte Bahn auf und drückte die von Thea empfohlene Taste. Es war Theas Nummer, die automatisch angewählt wurde.

„Das war wohl nichts", sagte Bahn wütend, als sie abnahm und sich meldete. Giselas Eltern konnten ihm nicht helfen, Banken nahm nicht ab. ‚Da muss etwas passiert sein', dachte sich Bahn erschrocken. Hastig wählte er Küppers Nummer. Aber wieder bekam er nur das Besetztzeichen zu hören.

Aufgeregt und kurzatmig legte er auf und setzte sich nachdenklich aufs Sofa. Was konnte er tun? Wo konnte Gisela sein? Bahn sprang nervös auf und lief durch die Wohnung. Er schaute in alle Zimmer und Winkel, suchte irgendwo nach einem Anhaltspunkt, der auf Giselas Abwesenheit hindeuten oder sie sogar erklären konnte. Aber er fand nichts.

Gisela musste plötzlich und unerwartet das Haus verlassen haben, ohne Zeit, noch eine Nachricht für ihn zu hinterlassen. ‚Das geht nicht mit rechten Dingen zu', dachte sich Bahn aufgewühlt. Abrupt blieb er auf der Stelle stehen, als er auf der Straße ein ungewohntes Motorengeräusch hörte.

Es gehörte zu einem Wagen, der sonst nie durch die Kampstraße fuhr. Im Laufe der Jahre hatte Bahn ein sicheres Gehör für die vertrauten und seltenen Geräusche in der Wohngegend entwickelt.

Der unbekannte Wagen schien mit laufendem Motor direkt vor seinem Haus zu halten.

Schnell lief Bahn die Treppe hinunter. Aber er kam zu spät. Als er die Haustüre öffnete und in den Vorgarten getreten war, sah er nur noch die Rücklichter eines Pkws, der sich an der nächsten Ecke seinen Blicken entzog. Es würde wenig Zweck haben, den Wagen zu verfolgen. ,Warum auch?', fragte sich Bahn. Erst jetzt entdeckte er die weiße Plastiktüte mit dem farbigen Aldi-Aufdruck, die neben dem Gehweg auf der Wiese im Vorgarten lag. Sie konnte sich noch nicht lange dort befinden, sagte sich Bahn, sonst hätte er sie bereits bei seiner Heimkehr gesehen. Er bückte sich danach und hob sie auf.

Obwohl sie prall gefüllt aussah, war die Tüte überraschend leicht. Als er hineinblickte, erschrak er, dass ihm der Atem stockte.

Blondes Haar quoll aus dem Plastik, langes, blondes Haar. Bahns Herz pochte bis zum Hals, ihm wurde schwindelig; das war Giselas Haar, ihr Haar, das so weich und leicht bis tief in den Rücken fiel. Man hatte Gisela die Löwenmähne abgeschnitten und das Haar in der Tüte verstaut. Wie in Trance griff Bahn danach, er roch daran und stolperte fassungslos zurück ins Haus. Er weinte, saß regungslos auf dem Sofa und wusste nicht mehr, was er tun sollte. Erst das Telefon schreckte ihn nach einigen Minuten aus seiner Apathie. Das sei die letzte Mahnung, sagte ihm eine unbekannte Stimme mit Eiseskälte, die ihm im Ohr schmerzte. Das nächste Mal sei der Kopf noch dran am restlichen Haar. Er könne übrigens seine Freundin abholen. Sie säße auf der Tribüne an der Westkampfbahn.

Bevor Bahn richtig verstanden hatte, hatte der Unbekannte schon wieder aufgelegt.

Bahn ließ alles stehen, stürzte aus der Wohnung und raste im Escort zum Stadion von Düren 99. Erst spät bemerkte er den Streifenwagen, der mit Blaulicht hinter ihm herfuhr und ihn per Lautsprecher zum Halten aufforderte. Bahn hielt sich nicht daran, er trat noch fester aufs Gaspedal und schoss mit mehr als 120 Stundenkilometern durch die Stadt, riss an der leeren Kreuzung das Steuer herum und schlitterte mit quietschenden Reifen bei Rot nach links von der Monschauer Straße auf die Valencienner Straße und raste weiter zur Mariaweilerstraße. Der Polizeiwagen in seinem Nacken scherte ihn nicht.

Mit einer Vollbremsung brachte Bahn den Escort direkt vor den Kassenhäuschen der Kampfbahn zum Stillstand und rannte durch ein offenes Tor auf die alte Sportanlage, ehe die Polizisten aus ihrem Wagen ausgestiegen waren.

Laut rufend verfolgten sie ihn, doch hatte Bahn kein Gehör für sie. Er sah nur die kleine, heruntergekommene Holztribüne, die kleine, wackelige Stiege, die

185

hinaufführte, und er sah Gisela, die auf einer schäbigen Holzbank saß, die Hände über den Kopf zusammengeschlagen hatte und laut schluchzend weinte.

Bahn sprang an ihre Seite und umarmte sie.

Zunächst wollte die Frau sich gegen die Umarmung wehren, dann erkannte sie endlich ihren Freund und drückte sich fest an ihn.

Sanft streichelte Bahn ihr über den Kopf. Ungewohnt fühlte es sich an, aber das war ihm so egal. Gisela war bei ihm, er hatte sie wieder.

„Was soll das?", herrschte ein Polizist Bahn an. Er sei vorläufig festgenommen und müsse mit zur Wache.

Bahn sah den zornigen, jungen Mann an, den er nicht kannte. Das musste einer der kleinen Wichtigtuer sein, die frisch von der Polizeischule Linnich nach Düren abkommandiert worden waren.

„Gleich", sagte Bahn höflich bittend, „ich muss mich zuerst einmal um meine Frau kümmern."

„Nicht gleich, sofort!", bellte der junge Polizist. „Was geht es mich an, wenn Sie Ihre Schnepfe nicht im Griff haben? Sie können Sie ja mitnehmen. Los! Aber dalli, dalli!"

Bahn schüttelte sich. Er musste sich verhört haben, das konnte der Grüne doch nicht gemeint oder sogar gesagt haben.

„Mach' schon, du Penner!", schnauzte ihn der Ordnungshüter an. „Oder muss ich dir etwa Beine machen?"

Bahn wusste nicht mehr, was er tat. Er sprang auf, riss den Polizisten um, kniete sich auf dessen Brust und hielt ihn an den Schultern fest. „Ich mache dich fertig, du Sau!", schrie er wie von Sinnen. „Siehst du denn nicht, was hier los ist?"

„Helmut, benimm' dich!" Laut und beruhigend sprach ihn eine vertraute Stimme von hinten an. „Lass' los!"

Bahn atmete tief durch und erhob sich gehorsam. Langsam setzte bei ihm wieder der Verstand ein.

Der junge Polizist, der von der Attacke überrascht worden war und ängstlich auf dem Boden gelegen hatte, sprang auf und zerrte wütend an den Handschellen. „Der Kerl ist gemeingefährlich, der wollte mich ermorden", schrie er mit sich überschlagender Stimme, „den buchte ich ein."

„Du tust überhaupt nichts", herrschte ihn der erfahrene Kollege an, der Bahn beruhigt hatte. „Wenn du stolperst und Bahn dir auch noch helfen wollte, dann ist das doch eine Hilfeleistung. Oder hat irgendjemand etwas anderes gesehen?" Der Streifenführer schaute fragend in die Runde, und Bahn bemerkte, dass sich sechs Polizeibeamte um ihn und der schockierten Gisela postiert hatten.

Alle schwiegen, einer schaute betreten zu Boden.

„Das war's also, Kollegen", sagte der Einsatzleiter. Er wandte sich an den jungen Polizisten. „Hast du noch irgendwelche Fragen? Anderenfalls könnt ihr wieder auf Tour gehen. Ich kriege das hier alleine geregelt."

Konsterniert drehte sich der Nachwuchsmann ab.

„Was ist denn eigentlich los?", wollte der Einsatzleiter wissen. Er kannte den Journalisten aus der langjährigen Zusammenarbeit gut genug, um zu erkennen, dass von ihm keinerlei Gefahr ausging.

Bahn schilderte kurz das Geschehen um Gisela und wäre fast wieder aufgebraust, als im Hintergrund jemand rief: „Unglaubwürdig, Alcotest!" Doch er beruhigte sich sofort wieder, als er sah, dass zwei seiner Bekannten einen anderen Jungspund unsanft zur Seite schoben.

„Sollen wir das nicht besser in der Inspektion besprechen", schlug der Einsatzleiter vor. „Deine Frau zittert sich hier noch zu Tode."

Es fiel Bahn schwer, seine Freundin zu beschwichtigen. Sie wollte nach Hause, ins Bett, mit Bahn allein sein. Für sie war der Verlust der Haarpracht nicht weniger katastrophal als das unheimliche Erlebnis.

Eine hagere, dunkelhaarige Frau hatte am Abend an der Haustür geschellt und behauptet, sie komme in Bahns Auftrag, berichtete Gisela stockend. „Du hättest einen Unfall gehabt und sie wollte mich zu dir bringen, hat sie gesagt." Aufgeregt war Gisela dann in einen dunklen Mercedes gestiegen. „Ich war wie betäubt, ich wollte nur noch zu dir." Der Mann, der am Steuer gesessen hatte, sei zum Tierheim im Burgauer Wald gefahren. „Ich weiß nicht einmal mehr, wie er ausgesehen hat." Immer wieder musste Gisela schlucken. „Ich weiß nur, dass er riesengroß war. Er hat mich aus dem Wagen gezerrt und auf den Boden geworfen. Dann hat er mich mit einer großen Schere bedroht und gesagt, ich solle dich davon abhalten, weiter hinter ihm herzuschnüffeln." Gisela wurde von einem erneuten Weinkrampf gepackt. „Er hat mir die Haare abgeschnitten und gesagt, das nächste Mal sei es der Kopf", sagte sie schluchzend.

Die Polizisten hatten schweigend und betreten zugehört.

Die Haare und die Plastiktüte könnten sie bei ihm finden, sagte Bahn gefasst. Sie könnten die Beweismittel mitnehmen, wenn sie mit zur Kampstraße führen.

Gisela rieb sich mit den Händen die Tränen aus den Augen. „Der Riese hat mich wieder in den Wagen gestoßen und zum Sportplatz gefahren. Dort sollte ich auf der Tribüne warten, dann würde dir und mir nichts passieren."

Sie rang sich ein verlegenes Lächeln ab und sah Bahn an. „Nimmst du mich denn auch ohne Haare?" Bahn nahm Gisela in den Arm und hauchte ihr einen Kuss auf die Stirn. ‚Ich wollte immer schon einmal einen Mecki streicheln', lag ihm auf der Zunge, aber er bremste sich wohlweislich.

Er entschuldigte sich bei dem jungen, unerfahrenen Polizisten für sein Ausrasten und musste dafür noch einen Rüffel des Einsatzleiters einstecken.

„Wenn sich jemand zu entschuldigen hat, dann ist er es. Das Leben ist halt anders, als es uns die Polizeischule vorgaukelt." Er versicherte Bahn, in der Nacht konzentriert nach dem Pärchen und dem Mercedes suchen zu lassen, obwohl er wenig Hoffnung habe, sie zu finden.

Noch lange redeten Gisela und Bahn in der Nacht miteinander. Er konnte seine Freundin schließlich davon überzeugen, dass sie jetzt nicht klein beigeben durften. „Die haben garantiert mehr Angst als wir", behauptete er.

Sehr spät schliefen sie ein und beide überhörten das Telefon, das gleich dreimal in der Zeit zwischen vier und sechs Uhr klingelte.

Erst das Klingeln um acht Uhr weckte sie auf.

Thea wollte besorgt wissen, was denn nun mit Gisela sei. Bahn ließ die beiden Frauen miteinander sprechen. Er sprang derweil unter die Dusche und bereitete anschließend das Frühstück vor.

Sie sehe unmöglich aus, sagte Gisela verlegen, als sie mit einem Handtuch um den Kopf aus dem Bad trat.

Sie sei schön, widersprach Bahn, der sie in die Arme nahm und fest an sich drückte.

Erneut machte das Telefon auf sich aufmerksam.

Jansen meldete sich ausgesprochen derb. „Gehst du Schnarchsack endlich auch einmal an den Apparat", schimpfte er mit Bahn. „Was war das denn heute Nacht für eine irre Geschichte mit Verfolgungsjagd und Showdown auf der Westkampfbahn?", fragte er neugierig. „Das hörte sich über Funk an, als seiest du die Hauptperson gewesen. Stimmt das etwa?"

Er wisse nicht, wovon Jansen rede, antwortete Bahn kurz angebunden. Aber er werde sich informieren. „Sonst noch was?"

„Aber klar doch", fuhr der Informant scheinbar froh gelaunt fort. „Es war heute Nacht richtig etwas los im Städtchen."

„Und was, wenn ich fragen darf?", knurrte Bahn ungehalten.

„Gegen vier eine Drogentote, gegen fünf einen Verkehrsunfall auf dem Autobahnzubringer mit einem Toten und gegen sechs einen Einsatz am Asylbewerberheim an der Girbelsrather Straße." Jansen legte eine Kunstpause ein. „Ich glaube, die haben die Kerle erwischt. So hörte es sich jedenfalls am Funk an."

Dankend legte Bahn auf. Er werde den Hinweisen nachgehen, hatte er Jansen versichert. Nachdenklich sah er Gisela an, die lustlos an einer trockenen Toastscheibe knabberte. „Ich würde fast darauf wetten, dass es sich bei der Drogentoten um Monika Vasen handelt." Das sei die Frau, die am Abend Gisela aus dem Haus gelockt habe, erklärte er seiner staunenden Freundin. „Die hat ihre Pflicht und Schuldigkeit getan und kostete nur noch Geld", sagte er, was Gisela allerdings nicht verstand.

Das sei auch nicht weiter wichtig, beschwichtigte Bahn sie. „Ihr Tod ist garantiert wieder ein Zufall." Er drängelte zum Aufbruch. Er müsse unbedingt in die Redaktion, gab er Gisela zu verstehen, die hastig vom Frühstückstisch aufstand.

„Nimmst du mich wirklich auch mit einem Mecki?", fragte sie ihn noch einmal zweifelnd, als sie im Auto saßen.

„Natürlich nehme ich dich", brummte Bahn, „mich nimmt ja sonst niemand."

Waldhausen war schon von Thea über die dramatischen Ereignisse aufgeklärt worden. „Jetzt kann es kein Zurück mehr geben", meinte er, „jetzt müssen wir über die Drohung berichten; auch zu deinem eigenen Schutz."

„Ich weiß nicht recht", bremste Bahn vorsichtig, „ich möchte zuerst mit Küpper darüber reden." Vom Rat des Bernhardiners würde er eine Veröffentlichung abhängig machen.

Waldhausen schien von dieser Überlegung nicht sonderlich begeistert. „Wenn du meinst", sagte er und fügte schnippisch hinzu: „Vergiss bloß nicht,

den Kommissar zu deiner Hochzeit einzuladen. O-
der weiß dein Trauzeuge inzwischen Bescheid?"

Warum war Waldhausen auf einmal so gereizt?
„Brauchst du unbedingt einen Aufmacher?", fragte
Bahn bissig.

„Nein." Der Lokalchef sah Bahn streng an. „Ich will
keinen Freund verlieren, du Arschloch."

Am liebsten hätte Bahn ihn spontan umarmt, aber
er hielt sich zurück. „Hast du auch schon etwas von
den Toten gehört und dem Brandanschlag heute
Morgen? Die sollen die Typen gefasst haben", sagte
er stattdessen.

Waldhausens Augen funkelten. Davon wisse er
nichts, bekannte er. Bahn solle doch bitte den Bernhardiner danach fragen. Dann könne er ihn gleich-
zeitig nach dem Gehacktes-Türken fragen.

„Nach wem?"

Waldhausen stöhnte: „Nach Ali Esmett, auch Gehacktes-Türke oder Handy-Ali genannt."

„Und warum soll ich ihn danach fragen?"

„Weil ich dich darum bitte. Bei mir in der Nachbarschaft wird erzählt, dass mit dem auch nicht alles in
Ordnung war. Mehr weiß ich auch nicht", behauptete der Lokalchef, doch wollte ihm Bahn nicht vor-
behaltlos glauben.

Bevor er dazu kam, Küpper anzuläuten, meldete
ihm Fräulein Dagmar ein Gespräch, eine Bank wolle
ihn sprechen.

193

Neugierig übernahm Bahn das Gespräch und fiel fast vom Sessel, als er den Gesprächspartner erkannte.

„Ich bin's, Friedrich", hatte sich Banken gemeldet. „Ich wollte mich nur erkundigen, wie es meiner Lieblingskusine geht." Er sei in der Polizeiinspektion, dort sei die nächtliche Aktion eines der Hauptthemen. „Wollt ihr Strafanzeige erstatten wegen Nötigung, Freiheitsberaubung, Körperverletzung und was es noch so an Nettigkeiten gibt?"

„Gegen wen?", entfuhr es Bahn, „ich bin doch heilfroh, wenn ich unbehelligt aus der Sache mit dem Polizisten herauskomme."

Das sei eine Logik, die er nicht nachvollziehen könne, meinte der Staatsanwalt. „Hast du denn keine Ahnung, wer das Duo war?"

Bei der Frau handele es sich wahrscheinlich um eine Monika Vasen, sagte Bahn. Von dem Mann kenne er nur eine negative Eigenschaft. „Das ist ein grobschlächtiger Riese", erklärte er.

„Dann kannst du die Strafanzeige ohnehin vergessen", sagte Banken salopp.

„Wieso?", fragte Bahn neugierig. Er erinnerte sich an seine Vermutung.

„Die Vasen hat sich heute Nacht im Burgauer Wald eine Überdosis Heroin verpasst", antwortete Banken sachlich.

„Oder verpassen lassen", fiel ihm Bahn ins Wort.

194

Doch sein zukünftiger Vetter ging nicht auf diese Bemerkung ein. „Dein Freund, der Riese, hat es ebenfalls hinter sich", berichtete Banken vielmehr. „Der hat sich gegen fünf Uhr auf dem Autobahnzubringer zwischen Düren und Birkesdorf lang gemacht, der war wohl zu schnell, als der Reifen platzte."

„Oder platzen musste", behauptete Bahn.

„Wie kommst du bloß darauf?", fragte ihn der Staatsanwalt. „Der Wagen wird doch noch untersucht."

„Ich vermute es einfach", antwortete Bahn. „Es würde mich jedenfalls nicht wundern, wenn es so wäre. Das sind mir alles zu viele Zufälle. Die vielen Spritzen für die Ewigkeit, jetzt der tote Riese und zu allem Überfluss auch noch der gekillte Hackfleisch-Türke." Er hielt inne und wartete gespannt auf Bankens Reaktion.

„Das sagt mir überhaupt nichts", sagte der Staatsanwalt schließlich. Ob Zufall oder nicht, das müssten erst die Untersuchungen ergeben. „Die macht Küpper und der macht sie gut. Daran habe ich keinen Zweifel." Er stockte kurz. „Du etwa?"

„Natürlich nicht", beeilte sich Bahn mit seiner Antwort. Der Bernhardiner würde die merkwürdige Sache schon aufklären. „Ist er zu sprechen?"

Banken bedauerte. „Der war heute Nacht draußen und schläft sich aus. Er wird am Nachmittag im Büro erwartet."

Er wechselte das Thema. „Was wollt ihr eigentlich zur Hochzeit geschenkt bekommen? Gibt's eigentlich eine Feier?"

Für einen Moment war Bahn sprachlos. Um derartige Dinge hatte er sich bisher nicht gekümmert und wollte er sich auch nicht kümmern.

„Da musst du dich mit Gisela besprechen", sagte er; beinahe hätte er wieder Mecki gesagt. Sie sei nach Mittag bestimmt zu Hause.

„Noch etwas", sagte er schnell, als er merkte, dass Banken das Telefonat beenden wollte. „Stimmt es, dass ihr die Ausländerfeinde heute Morgen erwischt habt?"

Banken blieb lange still. „Kein Kommentar, Helmut," sagte er dann, „das ist nicht mein Thema. Da musst du dich an meinen Kollegen Küpper wenden."

Bahn stutzte: „Ich denke, an den Bundesgeneralanwalt?"

„Aber ja doch", sagte Banken schnell. „Ich hatte es fast schon vergessen."

Noch während Bahn mit Banken telefoniert hatte, hatte sich Waldhausen mit Karlsruhe verbinden lassen.

„Die behaupten, sie wüssten von nichts", berichtete der Lokalchef, „sie wollen sich aber darum kümmern." Er war zu Bahn ins Zimmer getreten und nippte an seinem Kaffee. „Was macht Ali?"

„Banken weiß von nichts und verweist auf Küpper." Bahn lächelte gequält. „Wir müssen wieder unserer Lieblingsbeschäftigung nachgehen und darauf warten, dass etwas geschieht." Er lehnte sich in seinen Sessel zurück und sah Waldhausen an. „Da wird Gisela aber froh sein, wenn sie erfährt, dass wir die Drohung nicht mehr ernst nehmen müssen."

„Bist du dir da so sicher?", wandte der Lokalchef skeptisch ein. „Meinst du, das war ein Alleingang eines Idioten? Oder war er vielleicht beauftragt, dir zu drohen?" Er an Bahns Stelle würde die Angelegenheit nicht so leichtfertig abhaken. „Bei deinem Glück, in Verbrechen hineinzuschlittern, schließe ich nichts aus", sagte er nachdenklich.

Waldhausen blickte zur Eingangstür, hinter der er Kichern und Flüstern hörte. „Das können nur die Frauen sein", murmelte er.

Tatsächlich kamen Gisela und Thea in die Redaktion, was Bahn und Waldhausen aber erst beim zweiten Blick begriffen.

Voll bepackt mit Einkaufstaschen waren die Freundinnen, beide hatten sie eine Kurzhaarfrisur, einen radikalen Haarschnitt, der ihre äußere Erscheinung stark verändert hatte.

„Guck' nicht so doof, Fritz, guck' wie ich!", sagte Thea energisch. „Das ist Solidarität unter Frauen, wenn ich mir gemeinsam mit Gisela den Kopf scheren lasse. Aber davon haben Männer wie ihr ja keine Ahnung."

Waldhausen rieb sich ungläubig die Augen, er war sprachlos und ärgerte sich über Thea. Derartige Überraschungen mochte er nicht, sie passten nicht in seine von ihm beherrschbare oder überschaubare Welt. Er drehte sich und ging in sein Büro, wobei er die Zimmertür laut hinter sich zuschlug.

Bahn musterte neugierig seine Freundin. Ungewohnt war das neue Aussehen schon, gewöhnungsbedürftig, sagte er sich. „Nicht schlecht, Mecki." Er zog Gisela an sich und gab ihr einen Kuss. „Alles in Ordnung?"

Sie schluckte kurz. „Ich werde mich schon daran gewöhnen. Es ist ja kein Dauerzustand, oder?"

Bahn fuhr mit der Hand über das kurzgeschorene Haar. „Eine schöne Abwechslung, du hast das Beste daraus gemacht. Und noch etwas." Er sah sie mit hellen Augen an. „Die Drohungen können wir vergessen. Es ist alles geklärt."

Bahn lud die beiden Frauen zum Mittagessen ein. „Du kannst unseren Chef fragen, ob er mit will", schlug er Thea vor, die zunächst schnippisch abwinken wollte, dann aber doch in Waldhausens Zimmer ging.

Unfälle

Erst am späten Nachmittag hatte Küpper Zeit für Bahn.

„Ich komme einfach nicht zum Luftholen", entschuldigte sich der Kommissar am Telefon. „Alle Nase lang will jemand etwas von mir", stöhnte er. Es werde höchste Zeit, dass der Kollege von der Suchtkriminalität zurückkomme. „Die Arbeit ist auf Dauer nicht zu schaffen."

Küpper wollte von Bahn das Gegenteil hören, und gerne tat ihm der Journalist den Gefallen.

„Ohne dich würde der ganze Haufen doch zusammenfallen", tröstete er seinen Freund.

Die missliebige Sache mit dem Jungspund in der Nacht an der Westkampfbahn sei endgültig vom Tisch, berichtete Küpper. „Ich habe mit dem Einsatzleiter gesprochen. Der hat selbst eben vor Dienstbeginn einen Bericht verfasst und will ihn von den Kollegen abzeichnen lassen. Da kommt bestimmt nichts mehr."

Bahn merkte, dass Küpper am Telefon schmunzelte. „Ich hätte gerne miterlebt, wie du losgetobt hast", sagte der Bernhardiner.

„Ich habe einfach rot gesehen, als der Schnösel mich und Gisela beleidigte", rechtfertigte sich Bahn. „Ich würde es jedes Mal wieder tun."

Küpper ließ sich von ihm ausführlich die Geschehnisse des vergangenen Tages schildern und hörte nur geflissentlich weg, als Bahn anmerkte, er habe mehrfach versucht, ihn zu erreichen. „Mit wem führst du eigentlich Dauergespräche, wenn nicht mit mir?"

Der Kommissar überhörte die Frage, er wollte von Bahn vielmehr die genauen Zeiten der Geschehnisse am vergangenen Tag wissen.

Damit brachte er Bahn ins Schwitzen. So genau hätte er auch nicht darauf geachtet. „Als Anhaltspunkt könntest du meinen Anruf im Krankenhaus nehmen", schlug er vor, „der ist dort bestimmt registriert worden."

Gemeinsam gelang es den beiden doch noch, eine zeitnahe Rekonstruktion herbeizuführen.

„Was bezweckst du damit?", wollte Bahn wissen.

„Mir ist noch nicht klar, was der Riese und Monika Vasen gemacht haben, nachdem sie deine Braut freigelassen haben. Wahrscheinlich haben sie sich irgendwo versteckt, in der Wohnung in Norddüren waren sie jedenfalls nicht." Wie die Obduktion der Frau ergeben hatte, habe sie kurz vor ihrem Ableben noch Geschlechtsverkehr gehabt.

„Erst hat er sie gevögelt, dann den Stoff fürs Sterben gegeben", kommentierte Bahn grimmig.

Küpper ging darauf nicht ein. „Jedenfalls muss sie sich gegen zwei Uhr die Überdosis geimpft haben. Sie war schon rund zwei Stunden tot, als sie auf dem Waldweg gefunden wurde. Sie lag unmittelbar vor dem Rundweg um das Wasserschloss."

„Was hat denn der Riese von zwei bis fünf Uhr gemacht?", hakte Bahn nach.

„Das ist die große Frage", bestätige Küpper. „Ich vermute, er wollte sich aus Düren abseilen. Er hat die Frau in Niederau abgesetzt und ist dann abgehauen. Im Kofferraum haben wir einen Karton mit einer größeren Menge Heroin gefunden. Vermutlich hatte er es irgendwo gehortet, quasi als Notgroschen für schlechte Zeiten."

„Weit ist er damit aber nicht gekommen", bemerkte Bahn spitz.

„Konnte er auch nicht", sagte Küpper ausgesprochen ruhig. „Die Reifen waren präpariert, man hatte sie angeritzt und sie vermutlich zugleich mit zu viel Luftdruck versehen. Bei einer bestimmten hohen Geschwindigkeit musste einer der Reifen zwangsläufig platzen."

„Dann hat also jemand am Tod des Riesen gedreht?", folgerte Bahn atemlos.

Mit großer Wahrscheinlichkeit sei es so, pflichtete ihm Küpper bei. „Der Riese ist ermordet worden." Dann schwächte er seine Behauptung ab: „Oder zumindest hat jemand in Kauf genommen, dass er abkratzt. Vielleicht sollte ein Unfall nur eine Warnung sein, die dann tödlich ausfiel. Aber ich gehe zunächst einmal tatsächlich von Mord aus. Das lässt mir bei den Ermittlungen den größten Spielraum."

Beide schwiegen sie für eine Weile nachdenklich.

Bahn machte sich Notizen auf seiner papierenen Schreibtischunterlagen von Rheinbraun. „Der Riese ist ebenso ermordet worden wie Ali Esmett, auch Gehacktes-Türke genannt", sagte er beiläufig.

Küpper stöhnte kurz auf. „Weißt du das etwa auch schon wieder?"

„Was?" Bahn atmete durch. Wenn er es geschickt anstellte, konnte er Küpper vielleicht übertölpeln. „Meinst du etwa die Geschäfte des biederen Kaufmanns aus der Türkei, der viele Freunde und noch mehr Feinde hat?" Er bluffte. „Daher heißt er ja auch in Insiderkreisen entweder Handy-Ali oder Gehacktes-Türke."

Was er nicht erhofft hatte, trat ein.

Küpper informierte ihn in dem Glauben, Bahn sei ohnehin im Bilde, über die Geschichte des Mannes. „Das war ein Konkurrent des Riesen aus der türkischen Gang", sagte er. „Der wickelte seine Drogengeschäfte nur über seine Handys ab. Die süchtigen Kleindealer riefen ihn an, vereinbarten mit ihm einen Termin und er verschaffte ihnen das Gewünschte. Der hatte seinen Kundenstamm geschickt auf die vier Handys aufgeteilt."

„Aber offensichtlich war er nicht geschickt genug, sonst hätte er sich nicht so abmetzeln lassen", kommentierte Bahn ohne Mitgefühl.

„Das waren wohl nicht unzufriedene Kunden, das war vermutlich die Konkurrenz", unterrichtete ihn der Kommissar. „Hast du denn immer noch nicht bemerkt, was zurzeit in Düren los ist, Helmut?"

„Nein", bekannte der Journalist offen. Was spielte sich bloß in der Stadt ab?, fragte er sich.

„In der Szene herrscht eine Riesenaufregung", klärte ihn Küpper auf. „Die kleinen Fixer rennen uns seit ein paar Tagen die Bude ein. Sie haben regelrecht Angst, auf der Strecke zu bleiben, nachdem sie mitbekommen haben, dass Süchtige am laufenden Band sterben. Jetzt suchen sie bei uns Schutz."

‚Wovor?', fragte sich Bahn. „Also waren die Todesfälle doch nicht zufällig", folgerte er triumphierend.

„Doch", widersprach der Kommissar, „aber inzwischen glaubt es niemand mehr. Jetzt glaubt jede Gang, die andere wolle ihr Marktanteile streitig machen. Das artet dann irgendwann einmal in einen Bandenkrieg aus. Der Riese und der Türke sind die ersten Opfer auf der zweiten Ebene, und es werden sicherlich noch mehr, wenn sich die dritte Ebene nicht einigt. Aber bis dahin müssen wahrscheinlich noch einige dran glauben."

Küpper schnäuzte sich. „Die rechnen ganz einfach, der Türke habe fünf Pferdchen aus dem Stall des Riesen und der hinter ihm stehenden Gang auf dem Gewissen, also müssen jetzt fünf Pferdchen aus dem Stall der Türken ins Gras beißen. Der Riese hat wohl einige seiner treuesten, weil abhängigen Kunden losgeschickt, um Ali killen zu lassen. So ist es uns jedenfalls aus der Szene erzählt worden." Er machte eine kurze Pause. „Die Junkies haben jetzt natürlich Fracksausen", fuhr er fort, „und plaudern unentwegt."

Bahn verstand nur die Hälfte. „Eines kapiere ich allerdings nicht. Was haben Rita und Rolf damit zu tun?"

Wieder schnäuzte sich Küpper. „Überhaupt nichts. Das war ein Selbstmord und gehört nicht in die Reihe der anderen Todesfälle. Das ist nur ein zufälliges zeitliches Aufeinandertreffen."

Bahn wusste nicht, ob er dem Kommissar glauben sollte, aber er beließ es dabei bewenden, zumal ihn Küpper mit einer weiteren Neuigkeit überraschte, die ihn eigentlich nicht mehr überraschen konnte.

„Übrigens: Der Riese hat den Drohbrief mit der alten Schreibmaschine geschrieben. Die Schriftzeichen sind eindeutig. Außerdem haben wir seine Fingerabdrücke gefunden."

Zufrieden notierte Bahn sich diese Mitteilung. „War der Riese eigentlich vorbestraft?", fragte er.

„Der doch nicht", antwortete Küpper. „Auf seiner Ebene achtet man schon peinlich darauf, nicht unangenehm in der Öffentlichkeit aufzufallen. Da sind einige richtige Biedermänner drunter, denen du nie ein Verbrechen zutrauen würdest. An die Dealer kommen wir normalerweise nicht ran auf unserer lokalen Ebene und an die darüber ohnehin nicht."

„Ihr habt die Attentäter verhaftet?" Wie aus der Pistole geschossen kam Bahns Frage zu einem ganz anderen Thema.

„Wer sagt das?", fragte Küpper gelassen zurück. „Dein Spezi Jansen oder wer? Ich jedenfalls weiß von nichts."

‚Der lügt', fuhr es Bahn durch den Kopf; sein Freund log ihn an, der weiß etwas. Aber er würde es auch noch herausbekommen.

„Außerdem", sagte der Kommissar weiter, „bist du nicht zuständig, sondern dein Chef. Der löchert meinen Neffen jeden Tag zu jeder unmöglichen Zeit. Waldhausen weiß garantiert mehr als ich oder du." Zufrieden war Bahn mit dieser ausweichenden Antwort nicht. Er schwieg und bekam mit, wie in Küppers Zimmer gesprochen wurde.

„Ich muss aufhören, Herr Bahn. Es gibt Arbeit für Sie, ähm, für mich."

Bahn hatte verstanden, was der Bernhardiner mit dem angeblichen Versprecher ausdrücken wollte. Er würde in einigen Minuten in der Polizeiinspektion anfragen, ob etwas los sei.

Auf Küpper war eben doch Verlass. „Du weißt, dass du mein Trauzeuge bist", flüsterte er ins Telefon.

„Ja", bestätigte der Bernhardiner, „Sie haben es mir ja gerade gesagt."

‚Das wächst mir alles über den Kopf', erkannte Bahn. Er hatte sich in seinen Sessel zurückgelehnt und schaute in die Dunkelheit seines Büros.

Die Kollegen waren längst gegangen, selbst Waldhausen hatte von Bahn unbemerkt die Redaktion verlassen.

Bahn fühlte sich zu schlapp, um das Deckenlicht einzuschalten, lediglich der flackernde Bildschirm seines Computers erhellte schwach den Raum.

‚Das wächst mir alles über den Kopf', wiederholte Bahn sich. Was war dran an den Attentaten und was machte Waldhausen damit? Was war dran an den Drogentoten und was machte Küpper damit? Bahn kam sich vor wie ein Springball, der zwischen dem Lokalchef und dem Kommissar hin und her hüpfen musste, ohne Pause, ohne eigenen Willen, von den beiden gebraucht, um zu irgendwelchen Ergebnissen zu gelangen. Aber zu welchen?

‚Entweder bin ich fanatisch blind und sehe Gespenster, wo keine sind, oder ich bin nicht in der Lage, logisch die einzelnen Fakten zu verknüpfen', überlegte Bahn. ‚Und dabei bin ich mir noch nicht einmal sicher, ob ich überhaupt alle Fakten habe.'

Noch einmal ließ er das Telefonat mit Küpper aus der Erinnerung ablaufen. War es tatsächlich so, wie es sein Freund gesagt hatte? Heute würde er auf diese Frage keine Antwort mehr finden, sagte er sich und griff zum Telefon, das laut klingelte.

„Was gibt's, Gottfried?", fragte Bahn.

Der Informant war ihm zuvor gekommen und wusste schon über den aktuellen Polizeieinsatz Bescheid. „Auf dem Spielplatz in Lendersdorf liegt eine Tote, wahrscheinlich wieder Rauschgift. Wenn du dich beeilst, bist du vor dem Leichenwagen da, mein Lieber", sagte er ruhig. Mit keinem Wort fragte er nach, woher Bahn wusste, dass er am Telefon war.

Bahn ließ es gemächlich angehen. Was sollte die Eile wegen eines toten Junkies? Dennoch erreichte er den Fundort, bevor die Leiche verpackt wurde, und er machte bereitwillig einige Fotos für die Polizei.

Die Tote hatte viele Ähnlichkeiten mit Monika Vasen, das strähnige Haar, die abgemagerte Gestalt, die tiefen, dunklen Augenhöhlen.

„Zu viel oder verschmutztes Heroin?", fragte Bahn neugierig den Arzt.

„Eines von beiden, aber mit größter Sicherheit die allerletzte Ladung." Der Arzt deutete auf die Spritze und die anderen Fixer-Utensilien, die in einer Schale lagen. „Das Zeug ist so verdreckt, da musste es irgendwann zwangsläufig einmal passieren."

Küpper hatte Bahn nicht weiter beachtet. Der Kommissar hatte die Arbeit organisiert und gab schließlich den Befehl zum Rückzug in die Inspektion. „Alles Weitere gibt es morgen, Herr Bahn", sagte er zum Abschied.

Der Journalist schaute ihm nach, als er in den Opel einstieg und sich von Wenzel zur Aachener Straße chauffieren ließ.

„Hallo, Helmut, wieder beruhigt?"
Bahn drehte sich um und erkannte den Einsatzleiter wieder, der ihm auf der Westkampfbahn geholfen hatte.
„Alles in Ordnung bei mir und bei meiner Braut", antwortete er. Die beiden Ärsche, die den Terror veranstaltet hätten, lebten ja wohl nicht mehr, meinte Bahn und der Polizist nickte.
Er packte Bahn am Ellenbogen und schob ihn beiseite in eine nicht einsehbare Nische. „Pass in der nächsten Zeit ein bisschen auf der Straße auf. Unsere Jungspunde sind sauer auf dich und wollen dir einen reinwürgen, wenn sie es können. Wenn ich dir einen Tipp geben darf: Fahre immer mit Führerschein und nach Möglichkeit nicht alleine!"
Bahns Verblüffung ließ ihn schmunzeln.
„Keine Panik, ich werde mich aber auch noch um die Neuen kümmern", versprach er. „Die werden bei uns erwachsen."
„Wo ist eure vielversprechende Nachwuchshoffnung denn heute Abend?" Bahn blickte sich suchend um.
„Denen ist bei der Leiche schlecht geworden", amüsierte sich der Einsatzleiter, „ich habe sie schon zurück in den Stall geschickt." Er nickte bedächtig mit

dem Kopf. „Die letzte Nacht war aber auch verdammt hektisch."

„Kann ich mir denken", sagte Bahn, der wieder eine günstige Gelegenheit für sich sah, „zuerst der Terror mit mir, dann die Tote im Burgauer Wald, anschließend der vermeintliche Unfalltote am Autobahnzubringer und zum krönenden Abschluss die Festnahme am Asylbewerberheim."

Der Polizist hielt kurz inne. „Du weißt auch alles", staunte er fast schon bewundernd. Er grinste kurz. „Eigentlich haben wir es ja dir zu verdanken, dass wir die Typen gekascht haben. Wir waren immer noch auf der Suche nach dem Duo, das deine Freundin geschockt hatte, und sind zufälligerweise bei der Suche an der Girbelsrather Straße vorbeigekommen."

Bahn dachte angestrengt nach. Wie konnte er den Polizisten dazu bringen, noch mehr zu den Brandanschlägen zu sagen? „Aber ihr wart rechtzeitig da, so konntet ihr die Idioten wenigstens auf frischer Tat festnehmen."

Der Einsatzleiter stockte und blickte ihn ungläubig an. „Du weißt doch nichts, du raffinierter Sausack", meinte er verunsichert und amüsiert zugleich. „Du hast geblufft wegen der Girbelsrather Straße, stimmt's?"

„Und du hast verloren." Bahn wurde unruhig. „Nun mach' schon, wie ist es denn genau gewesen?", drängelte er.

Doch der Einsatzleiter lehnte strikt ab. „Ich darf dir nichts sagen."

„Aber du hast doch schon zu viel gesagt", hielt Bahn dagegen. „Stell' dir vor, ich rufe den Staatsanwalt Küpper an und sage ihm, was du mir gesagt hast."

„Der bringt mich um oder hängt mir ein Diszi an."

„Was wir beide nicht wollen. Von mir erfährt keiner deinen Namen", lockte Bahn.

„Hast du den heutigen Polizeibericht gelesen, den mit den Unfällen?"

„Gewiss", bestätigte Bahn. Er erinnerte sich schwach an zwei kleinere Unfälle an der Trierer Straße und an der Landstraße zwischen Binsfeld und Frauwüllesheim. Beide Unfälle waren nicht sonderlich bemerkenswert und mit wenigen Zeilen in der Zeitung abgehandelt worden. „Der dicke mit dem Toten bei Birkesdorf, der hat alles in den Schatten gestellt."

Er solle den Bericht über den Unfall bei Binsfeld noch einmal genauer lesen, empfahl ihm der Polizist. „Dann wirst du lesen, dass zwei junge Männer im Alter von 18 und 19 Jahren mit ihrem Fahrzeug bei unangepasster Geschwindigkeit in einer Kurve von der Fahrbahn abgekommen und im Straßengraben gelandet sind."

„Na und?", knurrte Bahn. „Was ist denn Besonderes daran, das passiert doch alle Tage?" Er mochte es nicht, dass ihn der Polizist auf die Folter spann.

„Wer fährt morgens um sechs schon zu schnell?“, antwortete der Polizist mit einer Gegenfrage.“

„Jemand der zur Arbeit will oder so?“

„Oder weil er verfolgt wird, nicht wahr?“

Jetzt kapierte Bahn. Die Polizei hatte wahrscheinlich die beiden jungen Männer vor dem Heim ertappt. Die Idioten waren geflüchtet und von der Polizei verfolgt worden. Ihre Flucht endete im Straßengraben. „War es so?“

„Du bist manchmal ein helles Köpfchen, Helmut“, lobte ihn der Polizist.

„Warum habt ihr das denn nicht gemeldet? Die Festnahme der Attentäter muss doch mitgeteilt werden!“, ereiferte sich Bahn.

Doch jetzt konnte und wollte ihm der Polizist nicht mehr weiterhelfen. „Eine Antwort auf diese Frage entzieht sich meiner Befugnis. Ich weiß es auch nicht.“

Aufgeregt kam Bahn am nächsten Morgen in die Redaktion gehetzt und stürmte ins Zimmer des Lokalchefs, der überrascht von seinem Computer aufblickte.

„Brennt der Baum, Helmut?“, fragte Waldhausen ruhig.

„So kannst du es sehen“, antwortete Bahn außer Atem. Er hatte sich in den Besuchersessel vor dem Schreibtisch niedergelassen und nach Waldhausens Kaffeetasse gegriffen. „Weißt du übrigens, dass die

Attentäter geschnappt sind? Schon gestern Morgen sind die der Polizei in die Netze gegangen." Bahn sprudelte seine Informationen nur so heraus und bemerkte erst spät, dass Waldhausen verdächtig gelassen in seinem Sessel hocken blieb und ihn bedächtig betrachtete.

„Gut gemacht", lobte ihn der Lokalchef. Er blätterte in seinen Unterlagen und holte den Polizeibericht vom Vortag über den Verkehrsunfall bei Frauwüllesheim hervor. „Du meinst die beiden Wehrdienstleistenden, stimmt's?"

Bahn verschluckte sich beinahe am Kaffee und staunte seinen Freund mit großen Augen an. „Woher weißt du das?"

Waldhausen lächelte. „Die Meldung kam mir merkwürdig nichtssagend vor. Die Angaben zum Wohnort der Unfallbeteiligten fehlten ebenso wie der Hinweis, wer sie gefunden hatte oder wohin sie wollten. Da habe ich halt bei der Polizei nachgefragt. Doch die hat mich sofort an Karlsruhe verwiesen."

„Und?" Da musste noch etwas kommen, daraus musste Waldhausen doch eine Geschichte machen.

„Die haben mich zunächst eine Stunde zappeln lassen und ließen dann Küpper anrufen."

„Wen, den Bernhardiner?", fragte Bahn schnell.

„Den Staatsanwalt", antwortete der Lokalchef. Er war aufgestanden und lief durchs Zimmer, wie immer, wenn die Situation kompliziert war. „Küpper hat mir tatsächlich frank und frei erklärt, dass man die beiden Rekruten auf frischer Tat ertappt habe und die Polizei sie nach einer Verfolgungsjagd festnehmen konnte." Waldhausen blieb stehen und sah nachdenklich aus dem Fenster hinaus.

Er schwieg für eine Weile und auch Bahn wusste nicht, was er machen sollte. Unschlüssig betrachtete er den Lokalchef, der schließlich seine Wanderung fortsetzte.

„Es sind zwei junge Männer aus Langerwehe und D'horn, die frühmorgens oder spätabends auf dem Weg zum oder vom Wehrdienst auf dem Militärflugplatz in Nörvenich die Molotow-Cocktails in das Heim geschleudert haben." Waldhausen schüttelte verständnislos den Kopf. „Das sind hirnlose Idioten, die es ihren Kameraden aus Erkelenz nachmachen wollten. Die Schwachköpfe haben sich in der Kaserne mit ihren Anschlägen auf das Heim in Neuhaus gebrüstet. Man hat die Attentate quasi als Mutprobe aufgefasst. Das einzig Gute an der Angelegenheit ist, dass jetzt auch die Attentate in Erkelenz aufgeklärt sind."

So weit konnte Bahn noch folgen. Aber warum hatte Waldhausen nichts darüber in der Zeitung geschrieben? „Hat das etwas mit den Anschlägen in Birgel zu tun?", fragte er unsicher.

„Tja, mein Freund", seufzte Waldhausen, „da liegt der Hase im Pfeffer. Die Anschläge in Birgel, die streiten die beiden ganz entschieden ab. Damit hätten sie nichts zu tun." Er sah Bahn kurz an. „Jetzt will

213

der Staatsanwalt ermitteln, ob sie doch die Täter sind oder ob es andere Täter gibt. So lange diese Frage nicht geklärt ist, bittet mich Küpper darum, nichts zu schreiben."

Bahn glaubte, sich verhört zu haben. „Das musst du mir genauer erklären. Das ist zu hoch für mich."

Waldhausen setzte sich und beugte sich über seinen Schreibtisch. „Die Staatsanwaltschaft will mit der Geschichte in Birgel erst dann an die Öffentlichkeit, wenn sie restlos aufgeklärt ist. Das BKA ist der Auffassung, dass es für die Ermittlungen schädlich ist, wenn man jetzt die beiden Wehrpflichtigen öffentlich an den Pranger stellt. Die Bürger würden nicht mehr so intensiv über ihre marokkanische Nachbarschaft wachen und die wahren Täter, falls es die beiden Idioten doch nicht sein sollten, wären eventuell gewarnt, wenn bekannt würde, dass die in der Öffentlichkeit vermuteten Täter nicht die tatsächlichen sind."

„Du meinst, sie könnten leichtsinnig werden, wenn alle Welt glaubt, die Attentäter von der Girbelsrather Straße seien auch die von Birgel", fragte Bahn, der langsam verstand, „vorausgesetzt natürlich, die Soldaten sind tatsächlich nicht selbst die Attentäter?" Entweder wolle man also herausfinden, ob die Soldaten die Schweine sind oder man wolle die wirklichen Schweine in Sicherheit wiegen. Das schien alles außerordentlich kompliziert.

„Richtig", bestätigte Waldhausen, der sich entspannt in seinen Sessel zurückgelehnt hatte. „Damit diese Untersuchungen nicht gefährdet werden, hat mich Küpper gebeten, vorläufig nichts zu schreiben."

„Puh", stöhnte Bahn auf, „das ist natürlich eine vertrackte Situation. Was ist denn mit den anderen Zeitungen und dem Lokalfunk?"

„Die haben das nicht mitbekommen, so scheint es jedenfalls. Wir sind laut Küpper die einzigen, die Bescheid wissen", antwortete Waldhausen. „So hat er es mir jedenfalls versichert."

„Was bekommen wir denn dafür, dass wir nichts veröffentlichen?"

Waldhausen sah Bahn offen ins Gesicht. „Küpper hat mir versprochen, dass wir als erstes und einziges Medium informiert werden, wenn man die tatsächlichen Täter überführt hat. Er will es ermöglichen, dass wir vielleicht bei einer Festnahme dabei sein können oder wenn die Soldaten als Täter dem Haftrichter vorgeführt werden."

„Wo sind die Soldaten jetzt?" Bei unserem Strafrecht liefen die garantiert frei herum, ärgerte sich Bahn.

„Sie sind momentan aus der Schusslinie", antwortete Waldhausen, „sie sind heute Morgen ins Manöver gezogen und dort unter ständiger Aufsicht."

Bahn war sich unschlüssig, ob er Waldhausens Zusage, nichts zu schreiben, richtig oder falsch finden sollte. ‚Das muss der allein entscheiden‘, sagte er schließlich zu sich, ‚immerhin ist er Lokalchef und nicht ich. Der hat die Attentate und ich habe die Drogentoten.‘

„Weißt du schon, aus welchem Stall die Tote aus Lendersdorf kommt?“, fragte er den Kommissar, als er ihn kurz vor Mittag anrief.

„Mit Sicherheit nicht aus dem Stall des Riesen“, antwortete Küpper, „das Heroin stammt aus einer anderen Lieferung und wahrscheinlich aus der türkischen Connection, obwohl wir die Frau immer als Konsumentin des anderen Dealerrings angesehen hatten. Bei Monika Vasen ist es hingegen eindeutig. Die hat den Stoff von ihrem Herrn bekommen, der hat ihr wohl absichtlich eine volle Dröhnung verpasst.“

„Dann geht das gegenseitige Gemetzel jetzt richtig los?“

„So ist es“, bestätigte der Bernhardiner, „wenn wir voraussetzen, dass sich die Gute nicht zufällig den goldenen Schuss gesetzt hat.“

„Glaubst du etwa immer noch an Zufälle?“, fragte Bahn skeptisch.

„Ich will daran glauben, Helmut. Das erleichtert uns allen die Arbeit.“

„Aber wir haben doch zumindest zwei handfeste Morde, die mit den Toten in Zusammenhang stehen", warf Bahn ein. „Der Handy-Man und mein Drohbrief-Riese sind doch nicht rein zufällig ums Leben gekommen."

„Die beiden sind oder waren, besser gesagt, bis zu ihrem Ableben für uns unbescholtene Bürger. Wir können zwar jetzt vermuten oder sogar annehmen, dass der Riese im Rauschgiftgeschäft aktiv war, aber wir haben keine wasserdichten Beweise. Theoretisch kann es ja sein, dass ihm jemand das Rauschgift in den Kofferraum gelegt hat. Ich kann jedenfalls nicht das Gegenteil beweisen." Er hustete kurz. „Dass der Riese dir einen Drohbrief geschrieben hat, ist zwar ein Indiz, aber reicht als Beweis keinesfalls aus. Ob das ein kleines Licht oder eine große Leuchte war, lässt sich nicht mehr klären."

„Kannst du nichts oder willst du nichts beweisen?" Bahn verstand die ungewohnt oberflächliche Arbeitsauffassung seines Freundes nicht. So hatte er ihn bisher nicht kennengelernt.

„Kommt es darauf jetzt noch an?", antwortete Küpper genervt mit einer Gegenfrage. „Ich bin nicht Herr des Verfahrens, sondern die Staatsanwaltschaft. Außerdem bin ich nur stellvertretend tätig." Der Kommissar lachte verbittert auf: „Ehrlich gesagt, kotzt mich die Drogenszene an."

„Aber Mord bleibt doch Mord, egal ob Drogenszene oder nicht", gab Bahn zu bedenken. „Der Mord an dem Türken bleibt so oder so ein Mord. Das kannst du drehen und wenden wie du willst."

„Eine Tat ohne verwertbare Zeugenaussagen und ohne hinreichend Verdächtige. Da tappe ich im Dunkeln", bekannte der Bernhardiner. „Ich kann mir nicht vorstellen, wie ich das Ding aufgeklärt bekommen soll."

Küpper hatte offensichtlich nicht seinen besten Tag, dachte sich Bahn. ‚Der hat derzeit halt zu viel am Hals', entschuldigte er seinen Freund verständnisvoll. „Ich glaube, du brauchst einmal ein paar Tage Ruhe", empfahl er ihm.

„Mache ich auch, mein Freund. „Morgen und übermorgen habe ich endlich einmal frei."

‚Warum eigentlich nicht?', fragte sich Bahn. Einen freien Tag oder sogar zwei könnte er sich und damit auch Gisela durchaus gönnen.

Auch Waldhausen hatte keine Einwände gegen diese Absicht. „Wenn du willst, kannst du jetzt auf der Stelle verschwinden", schlug er vor, und Bahn verließ schleunigst die Redaktion, bevor es sich der Chef anders überlegen konnte.

Schon am nächsten Morgen bereute Bahn seinen Plan. Denn Gisela nahm ihn völlig in Beschlag und scheuchte ihn quer durch die Region von einem Brautmodengeschäft ins nächste. Gekauft wurde allerdings nichts, was ihn noch mehr ärgerte. „Du bekommst mein Brautkleid erst bei der Hochzeit zu sehen, mein Liebster", erklärte Gisela ihm am Nachmittag des zweiten Tages und nach dem Besuch des 15. Geschäfts. „Ich kaufe es ohne dich. Denke bloß daran, dass du einen Anzug brauchst, darum kann ich mich nicht auch noch kümmern."

Das ginge auf keinen Fall, dazu habe er keine Zeit, protestierte Bahn. Was sollte er mit einem Anzug?, fragte er mit einem Blick auf seine Nobeljeans und die elegant-abgewetzte Lederjacke.

Ohne Anzug würde sie nicht mit ihm vor den Traualtar und ins Standesamt treten, drohte Gisela, als sie daheim ankamen. Darauf könne er Gift nehmen. Zornig griff sie zum Telefon, das sich zu Bahns Erleichterung gemeldet hatte.

„Ach, du bist's nur", sagte sie enttäuscht. „hast du vielleicht einen Anzug für meinen Ehegegner?" Sie funkelte böse mit den Augen, als sie Bahn das schnurlose Gerät zuwarf.

„Ja", bellte er mürrisch in die Muschel.

„Ich bin's, Friedrich", meldete sich Banken ausgesprochen gelassen. „Du willst also meinen Anzug vor den Standesbeamten schleppen?" Das könne er gerne machen. „Ich habe ein paar Schwarze, die müssen ohnehin einmal gereinigt werden. Du kannst dir den schönsten aussuchen." Sie müssten eigentlich passen, sie hätten doch so ungefähr die gleichen Maße, schätzte der Staatsanwalt.

219

Wenn's sein muss, stöhnte Bahn, werde er sich halt in Bankens Klamotten quetschen. „Aber du hast mich doch nicht angerufen, nur um mir dieses Angebot zu machen. Was willst du?"

„Ich wollte mich nur erkundigen, ob ihr noch lebt. Da hat es ja wohl einen Drohbrief gegeben, habe ich gehört. Stimmt das?"

Bahn war für einen Moment sprachlos. „Hast du noch nicht mit Kommissar Küpper darüber gesprochen?", fragte er endlich. „Der kann dir auch sagen, dass der Schreiberling nicht mehr unter den Lebendigen weilt."

„Das werde ich bei nächstbester Gelegenheit tun", entgegnete Banken. „Morgen kommt er von seiner Dienstreise nach Marburg zurück. Eigentlich sollte er nur bis gestern weg sein, aber das hat sich verzögert."

Bahn brauchte einige Sekunden, um zu verstehen. Wieso war Küpper auf einer Dienstreise, er hatte doch von zwei freien Tagen gesprochen? Darauf würde er den Kommissar ansprechen müssen.

„Wir leben noch, das kann ich dir bestätigen", sagte er zu Banken. „War's das?" Bahn verspürte keine Lust, sich länger mit dem Staatsanwalt zu unterhalten.

„Mich wundert es nur, dass du heute Morgen nicht gekommen bist, Helmut." Banken hatte über Bahns Frage gelassen hinweggehört.

„Wieso?"

220

„Wir hatten wieder einen Goldschützen. Ein Kerl aus Köln hat sich zu uns in die Provinz verirrt und hier sein Leben ausgehaucht. Und in Aachen hat es einen jungen Süchtigen aus Düren erwischt."

Bahn schwieg. Er war verunsichert. Wusste Banken etwa nichts von den Aussagen der Süchtigen bei Küpper? Hatte Küpper den Staatsanwalt nicht informiert? Das war nicht mehr normal, was sich da abspielte, dachte sich Bahn. Aber warum sollte er sich in die interne Dienstbeziehung zwischen Banken und Küpper einmischen? Der Bernhardiner würde schon seine Gründe haben, weshalb er den Staatsanwalt noch nicht eingeweiht hatte.

„Und was macht ihr jetzt?", fragte er.

„Eine Karteikarte anlegen und die Toten nach der Obduktion zur Beerdigung freigeben", antwortete Banken. „Was sollen wir sonst noch tun?"

Bahn gab keine Antwort. Es lag ihm zwar auf der Zunge, Banken mit einem Hinweis auf den Kollegen Küpper zu hänseln, aber dann unterließ er es. Damit hätte er vielleicht nur Waldhausens Deal beeinträchtigt. „Gibt es denn irgendwelche Beziehungen zwischen den beiden Toten?", fragte er.

„Keine", behauptete Banken überzeugt. „Die haben ihren Stoff von unterschiedlichen Händlerringen bezogen. Ich gehe davon aus, dass sie sich noch nicht einmal kannten. Das ist reiner Zufall, dass die beiden heute Nacht fast zeitgleich abgekratzt sind."

Zufall, dachte Bahn grimmig, wenn sein Familienzuwachs daran glauben wollte, dann sollte er es ruhig tun. Er selbst glaubte immer weniger daran, ohne zu wissen, wie er das Gegenteil beweisen konnte. Vielleicht waren einige Junkies tatsächlich zufällig gestorben, vielleicht war bei einigen absichtlich nachgeholfen worden. Was wie und wo geschehen war, Bahn wusste es nicht, es war auf alle Fälle unübersichtlich geworden.

„Es ist zur Zeit wie eine Seuche mit den Drogentoten", fluchte Banken. „Jahrelang haben die hier in Düren Ruhe damit gehabt. Relative Ruhe", korrigierte er sich. „In Düren lagen die Zahlen der Rauschgiftopfer immer unter dem Landesdurchschnitt. Du wirst sehen, Helmut, irgendwann ist diese Seuche wieder vorbei, dann sterben die Junkies woanders wie die Fliegen."

Mit dem Angebot, Bahn könne jederzeit einen schwarzen Anzug ausleihen, beendete der Staatsanwalt das Telefonat. „Ich borge dir gerne meine Klamotten, wenn ich zur Hochzeitsfeier eingeladen werde."

Banken schien hellseherische Fähigkeiten zu besitzen. Mehrere Tage vergingen, mehr als ein Woche, ohne dass neue Drogentote gemeldet wurden. Spektakulär war nur das Ableben eines Mannes in Köln, dem Kontakte zur Rauschgiftszene unterstellt wurden. Unbekannte hatten ihn gefesselt hinter dem Bahnhof Eifeltor auf die Gleise in Richtung Bonn gelegt. Ein nächtlicher Intercity hatte den Mann zerfetzt.

„Wenn du willst, kannst du diesen Mord auch in Zusammenhang bringen mit den Morden in Düren", sagte Küpper nachdenklich, als ihn Bahn beim Bier in der Ratsschenke darauf ansprach. „Es kann sein, muss aber nicht. Beweise finden wir hier garantiert nicht. Da sollen sich die Kollegen da oben drum kümmern", meinte er lakonisch, ohne zu sagen, wer die Kollegen da oben sein sollten.

Aber er hatte Bahn damit ein Stichwort gegeben. „Apropos da oben. Piesacken die Kollegen aus Karlsruhe euch immer noch?"

Küpper hatte Mühe, ein Verschlucken zu vermeiden. Dann winkte er ab. „Mit denen habe ich nichts zu tun. Da musst du dich an meinen Neffen wenden. Der könnte dir mehr sagen, wenn er die Erlaubnis aus Karlsruhe bekommt."

„Also gibt es doch etwas Neues in Sachen Attentäter?", bohrte Bahn nach. Er ärgerte sich, dass Küpper sich in der letzten Zeit so reserviert verhalten hatte. Warum ließ er sich jeden Satz einzeln entlocken?

„So könnte man es sagen", antwortete Küpper langsam, während er zur Geldbörse griff. „Ich muss gehen und bezahlen." Er legte einen Geldschein auf den Tresen und eilte davon, ehe Bahn reagieren konnte.

223

Bahn fuhr nachdenklich nach Hause. ‚Ich muss mit Küpper Klartext sprechen', nahm er sich vor, und er war froh, einen unverfänglichen Anlass gefunden zu haben. Immerhin war der Bernhardiner sein Trauzeuge. Am Donnerstag, zwei Tage vor den Trauterminen im Rathaus und der Christuskirche, würde er auf ihn zugehen.

„Hast du an alles gedacht, mein Bräutigam?", fragte ihn Gisela. Tagtäglich nervte sie ihn mit dieser Frage.

„Ja", hatte er stets geantwortet, „ich habe an alles gedacht", und er nannte die Dinge, die er als wesentlich für seine Hochzeit erachtete: Anzug, Schuhe, Frisör.

„Und Brautstrauß."

„Wie bitte?" Bahn verstand nicht. „Was soll das denn? Was ist denn das?"

„Hast du denn noch nie davon gehört, dass der Bräutigam seiner Braut einen Brautstrauß besorgt?", fragte Gisela mit drohendem Unterton.

„Nein", bekannte Bahn ehrlich. „Muss das sein? Wo kann ich den leihen?"

Gisela heulte auf. „Bahn, du bist eine doofe Nuss! Wie kann ich nur auf dich hereinfallen?" Sie erwartete keine Antwort von ihm, griff nach dem Telefon und schloss sich im Schlafzimmer ein.

Bahn war sich keines Fehltritts bewusst. Er entschuldigte Giselas Überreaktion mit ihrer Nervosität vor der Trauung. Bahn ging in sein Fotolabor und sortierte die Negative. Seine Gedanken kehrten zu Küpper zurück. ‚Ich werde ihn noch vor der Hochzeit zur Rede stellen müssen', beschloss er.

Erleichtert atmete er auf, als er ins Bett wollte. Gisela hatte die Tür zum Schlafzimmer wieder geöffnet.

Freundschaftsdienste

Waldhausen sah nicht gerade zufrieden aus, als Bahn ihn in seinem Zimmer begrüßte. Wahrscheinlich hatte ihm die DZ eine Skandalgeschichte vorgesetzt, vermutete Bahn. „Welche Laus ist dir denn über die Leber gelaufen?", fragte er vorsichtig.

Der Lokalchef rang sich ein gequältes Lächeln ab. „Was soll sein? Es geht uns gut, wir leben und haben genug zu essen. Es ist einfach alles bestens", sagte er mit übertriebener Heiterkeit. Waldhausen lehnte sich in seinen Sessel zurück, verschränkte die Arme im Nacken und legte die Füße auf der Tischplatte ab. „Das ist doch alles Scheiße", fluchte er vor sich hin.

„Was ist denn?" Bahn wusste aus Erfahrung, dass es ratsam war, behutsam vorzugehen. Bei aller Ruhe und Gelassenheit, die Waldhausen in aller Regel auszeichneten, musste man immer damit rechnen, dass er wie ein Berserker wütete, wenn etwas nicht nach seiner Vorstellung oder Planung lief. Es hätte fatal werden können, ihn jetzt zu reizen. „Was verdirbt uns denn die gute Laune, mein Freund?"

Waldhausen reagierte zunächst nicht, und Bahn befürchtete, doch die falsche Wortwahl oder einen falschen Zungenschlag gewählt zu haben.

Der Lokalchef stierte nur aus dem Fenster und biss sich auf die Unterlippe. Dann drehte er sich mit dem Sessel um und blickte Bahn lange und konzentriert ins Gesicht. Langsam sammelte er sich. „Ich bin mir unschlüssig wie noch nie in meiner journalistischen Karriere", begann er überraschend leise und ruhig. „Da habe ich die Geschichte schlechthin und zugleich die größte Verantwortung, die ich mir vorstellen kann."

„Geht's um die Attentate?", fragte Bahn. Er vermutete, dass Waldhausens Zustand damit zusammenhängen musste.

Der Lokalchef bestätigte. „Darum geht es tatsächlich." Er spielte nachdenklich mit dem Kugelschreiber. „Ich habe gestern in Karlsruhe angerufen, um zu hören, wie der Stand der Dinge ist, und muss dann zu meiner großen Überraschung erfahren, dass Karlsruhe die Ermittlungen längst schon wieder an die Staatsanwaltschaft Aachen und damit an die Kollegen in Düren abgegeben hat, weil es offensichtlich keinen fremdenfeindlichen Hintergrund für die Attentate gibt."

Bahn hatte das Gehörte noch nicht verdaut, er wusste aber, was jetzt kommen würde.

„Dein Freund Küpper beziehungsweise der Neffe deines Freundes Küpper, die halten uns gewaltig für Affen. Statt uns zu benachrichtigen, lassen die uns glatt in dem Glauben, es bestehe nach wie vor die von Karlsruhe verordnete Nachrichtensperre. Dabei gibt es die längst nicht mehr. Und jetzt kommt es", Waldhausen atmete durch, „was noch schlimmer ist, es gibt überhaupt keine Ermittlungen mehr."

„Wie bitte?" Bahn musste sich setzen. Das überstieg seine Auffassungsgabe. „Haben die Soldaten etwa gestanden?", fragte er.

Aber Waldhausen verneinte mit einem stummen Kopfschütteln.

„Hat die Polizei etwa die tatsächlichen Brandstifter verhaftet?"

Wieder verneinte der Lokalchef.

„Was war denn?" Bahn verstand überhaupt nichts mehr. „Haben wir uns das in unserem Wahn etwa nur eingebildet oder was?"

„Es gibt keine unbekannten Brandstifter, mein Freund", antwortete Waldhausen erregt. „Und es gibt keine Attentäter im eigentlichen Sinne, die der Familie ans Leder wollte." Er warf den Kugelschreiber, den er in der Mitte zerbrochen hatte, in den Papierkorb. „Die beiden Anschläge waren fingiert", offenbarte der Lokalchef dem mit offenem Mund staunenden Bahn.

„Von wem?"

„Von der Mutter natürlich", sagte Waldhausen.

„Wieso natürlich?", widersprach der immer noch perplexe Bahn. „Immerhin lag sie doch gefesselt und geknebelt auf der Wohnzimmercouch?"

„Richtig", bestätigte Waldhausen. „Die Frau hat die Brände selbst gezündelt und sich dann selbst geknebelt und gefesselt."

„Woher weißt du das?" Bahn wollte seinem Chef die Geschichte nicht glauben.

„Weil die Frau es zum einen der Polizei bestätigt hat und weil zum anderen die Rettungskräfte von selbst darauf gekommen sind. So, wie sie gefesselt war, konnte es niemand anders gewesen sein als sie selbst." Waldhausen atmete durch. „Übrigens war der Zeitpunkt für die Feuer ganz bewusst gewählt. Die Frau wusste, dass jeweils um diese Uhrzeit der Bäcker an der Wohnung vorbeifahren und auf jeden Fall das Feuer an der Haustür entdecken würde. Das ist ungefähr die Zeit, zu der sie immer aufgestanden ist, wenn sie Frühschicht im Krankenhaus hatte." Die Frau habe die Taten so geplant, dass mit großer Wahrscheinlichkeit niemand sterben musste. „Die Rauchvergiftungen nahm sie in Kauf und wenn es trotz aller Vorkehrungen dennoch zum Exitus gekommen wäre, hätte sie es auch akzeptiert", schilderte Waldhausen.

„Aber warum das ganze Theater?" Bahn verstand nichts mehr. „Da haben sich Nachbarn und Bürger

in Hilfsaktionen engagiert, ist bundesweit medien-
wirksam berichtet worden, hat es Spendenaktionen
und Geschenke gegeben, und das alles wegen einer
Schauveranstaltung. Das kann einfach nicht sein."

„Doch, es ist so", widersprach Waldhausen. „Das
war die Tat einer Verzweifelten." Er beobachtete
seinen ungläubigen Freund. „Das ist eine ganz vertrackte Geschichte, und wenn du sie jetzt gehört
hast, will ich gerne von dir wissen, ob du sie veröffentlichen würdest", bat er Bahn.

„Also", der Lokalchef pustete noch einmal durch,
„die Frau wollte durch die Brandanschläge auf ihre
Situation und auf die ihrer Kinder aufmerksam machen und zugleich die Beachtung durch die Behörden erlangen. Sie hat in den letzten Monaten schon
mehrfach Schutz vor ihrem Mann verlangt, doch er
wurde ihr nicht gewährt."

Bahn hörte zwar zu, aber er hatte große Mühe, das
Gehörte zu verstehen.

„Die Frau wollte sich von ihrem Mann trennen. Er
soll sie und die Kinder immer wieder verprügelt haben, so hat sie jedenfalls der Polizei berichtet. Außerdem muss er es mit der ehelichen Treue nicht so
ernst genommen haben, anscheinend soll er mehr
mit anderen Frauen als mit der eigenen gelebt haben, so nach dem Motto: Ich habe für dich und die
Kinder ein Nest gebaut, jetzt bin ich der Chef und

mache, was ich will." Waldhausen hatte sich erhoben und begann seinen üblichen Gang durchs Zimmer.

„Nachdem der Mann die Trennungsabsicht seiner Frau nicht akzeptieren wollte, hat sie ihn bei der Polizei angezeigt. Aber dort stand sie letztlich auf weiter Flur. Man nahm sie wohl nicht ernst. Daraufhin hat sie sich an einen Rechtsanwalt gewandt, um die Scheidung vorzubereiten." Der Lokalchef rieb sich die Augen.

„In seiner Männerehre gekränkt, hat sich der Mann an seine Familie gewandt. Der Familienrat tagte, ein Femegericht verhandelte, und die Frau wurde zum Tode verurteilt, weil sie durch ihr Verhalten Schande über die komplette Sippe ihres Ehemannes gebracht habe. Durch ihr Verhalten in Deutschland hatte die Frau angeblich den einheimischen Ehrenkodex verletzt, deshalb habe sie mit ihrem Leben zu büßen. Wie sie der Polizei erzählte, sei ihr ein Todeskommando angekündigt worden in der Zeit, in der ihr Mann in Marokko weilte." Waldhausen schüttelte kurz den Kopf.

„Die haben richtigen Terror gemacht mit nächtlichen Anrufen und den ständigen Nachfragen, ob die Kinder noch gesund seien." So habe es jedenfalls die Frau geschildert, betonte der Lokalchef.

Bahn hob die Hand, um seinen Freund zu unterbrechen. „Hat sie das denn nicht der Polizei gesagt?"

„Hat sie schon", antwortete Waldhausen, „aber man wollte ihr partout nicht glauben. Sagt sie jedenfalls." Er setzte seinen Rundgang fort. „Sie hat jedenfalls keine andere Möglichkeit mehr gesehen, um auf sich aufmerksam zu machen, als durch fiktive Brandanschläge. Sie hoffte, dadurch die Sympathie der Öffentlichkeit zu erlangen, was ihr ja wohl auch gelungen ist. Spätestens nach dem zweiten Anschlag standen alle hinter ihr." Der Lokalchef schaute kurz aus dem Fenster hinaus und schüttelte wieder verständnislos den Kopf.

„Von der Polizei hat sie Personenschutz gefordert und eine neue Identität für die Kinder und sich an einem anderen Ort in Deutschland. In ihrem eigenen Haus will sie auf Dauer nicht bleiben. Sie will es verkaufen." Waldhausen machte eine kleine Pause.

„Und jetzt kommt der eigentliche Hammer", kündigte der Lokalchef noch eine Steigerung seiner unglaublichen Erzählung an. „Der marokkanische Botschafter hat im deutschen Außenministerium interveniert und sich über angeblich illegale Ermittlungen des BKA in Marokko beschwert. Der Botschafter hat ausdrücklich darum gebeten, die Ermittlungen sofort einzustellen, anderenfalls könne das nicht ohne Auswirkungen auf die zwischenstaatlichen Beziehungen bleiben." Waldhausen zog eine Grimasse.

„Offensichtlich steckt zurzeit ein großes Geschäft mit Marokko in der Endphase der Verhandlungen mit viel Profit und Renommee für beide Seiten. Also wandte sich das Außenministerium an das Wirtschaftsministerium und das Wirtschaftsministerium an das Innenministerium mit der Bitte, die Beziehungen nicht aufs Spiel zu setzen." Waldhausen seufzte.

„Damit zog sich das BKA aus den Ermittlungen zurück, der Staatsanwalt sah ebenfalls wegen des fehlenden ausländerfeindlichen Hintergrunds keine Notwendigkeit mehr für ein weiteres Arbeiten. Jetzt liegt der Fall wieder hier in Düren und alle bemühen sich, ihn klein zu halten." Waldhausen machte erneut eine Pause und sah wieder Bahn offen ins Gesicht.

„Würdest du diese hanebüchene Geschichte im Blättchen veröffentlichen?"

„Nein", antwortete Bahn schnell. Aus dem Bauch heraus hatte er sich entschieden. Eine Begründung hätte er Waldhausen nicht geben können.

„Ich hätte sie veröffentlicht", entgegnete der Lokalchef zu Bahns Verblüffung. „Unser Chefredakteur hat es mir untersagt. Ich war so blöd, ihn einzuweihen." Er winkte ärgerlich ab.

„Es hat jetzt keinen Sinn, darüber zu diskutieren, was richtig ist oder falsch. Lassen wir die Menschen in dem Glauben, sie würden einer bedauernswerten Mutter helfen, lassen wir die Öffentlichkeit in dem

Glauben, Rechtsradikale seien die Attentäter gewesen, die sie durch ihre Aufmerksamkeit vertrieben haben."

„Aber was ist mit den beiden Soldaten?", fiel es Bahn ein. „Die stehen doch immer noch in dem Verdacht, die Brände gezündelt zu haben?"

„Mit denen hat der Staatsanwalt wohl einen Deal gemacht", behauptete Waldhausen, so habe er es jedenfalls gehört. „Beide Seiten äußern sich nicht weiter, das Verfahren wird in aller Stille abgewickelt. Es wird wohl nicht zu schnell zu einer Gerichtsverhandlung kommen. Wetten?" Er musste unwillkürlich grinsen.

„Das Totschweigen hat noch einen weiteren Vorteil: Alle Welt geht davon aus, das Rechtsradikale hinter den Anschlägen stehen. Wenn jetzt die Wahrheit herauskommt, werden die natürlich nichts ungenutzt lassen, um sich als ungerechtfertigt politisch Verfolgte zu brüsten. Da ist es wirklich besser, still zu bleiben."

So überzeugend, wie Waldhausen auf ihn einredete, musste er gut informiert sein, sagte sich Bahn. „Von wem hast du eigentlich deine Informationen, verrätst du es mir?"

Waldhausen lächelte. „Von Staatsanwalt Küpper. Der hat schon als Student in Bonn in der Kanzlei meiner Mutter gejobbt und hat anschließend als Referendar eine Zeitlang bei meiner Mutter gearbeitet. Daher kenne ich ihn flüchtig."

233

„Damit ist das Thema also für uns gestorben", stellte Bahn trocken fest.

„Wie kommst du denn darauf?", fragte Waldhausen mit gespielter Unkenntnis. „Morgen überreicht unser geschätzter Bürgermeister Walter der bemitleidenswerten Frau im Krankenhaus einen Spendenscheck, und wir sind selbstverständlich dabei. An deinem Hochzeitstag feiern die Nachbarn ein Nachbarschaftsfest, dessen Erlös für die Mutter und die Kinder bestimmt ist, und wir sind selbstverständlich wieder dabei. Alle werden alles unternehmen, damit die Wahrheit nicht herauskommt." Waldhausen schlich zu seinem Schreibtisch zurück.

„Aber was ist schon die Wahrheit? Weißt du es vielleicht?", fragte er polemisch.

Bahn sparte sich die Antwort, sondern ging nachdenklich in sein Zimmer. Was ist schon die Wahrheit? Er wusste es nicht, er wusste nur, dass sie allzu oft auf der Strecke blieb. Er konnte mit Waldhausen mitfühlen, hatte aber keine Idee, wie er ihn unterstützen konnte. Es geht nicht, sagte er sich und fluchte auf den Job.

Du weißt alles und schreibst nichts, ärgerte er sich und andere schreiben den größten Schwachsinn, der von allen geglaubt wird.

Viel Lust hatte Bahn nicht bei seiner Arbeit und er war froh, als ihm Waldhausen anbot, mit ihm zu Max zu gehen, „auf ein Kölsch und ein Mett."

Mett war für Bahn das Stichwort, es erinnerte ihn an den abgemetzelten Türken und weiter an Küpper. „Ich muss unbedingt den Bernhardiner anrufen", sagte er zu Waldhausen, während er hinter ihm die Treppe herunterstieg.

Bei Max tranken sie schweigsam ihr Bier und kauten bedächtig ihr Brötchen. Oft saßen sie hier stumm nebeneinander, es war fast schon wie immer.

Plötzlich fiel es Bahn ein: „Was ist eigentlich mit dem Drohbrief, von dem die DZ geschrieben hat?"

Waldhausen griff zum Kölsch und nahm einen Schluck. „Das waren anscheinend Trittbrettfahrer. Das hat nichts mit dem eigentlichen Fall zu tun."

Gisela brachte Bahn nach der Rückkehr in die Redaktion in Schwung. Erschrocken erkannte er, dass es bis zur Hochzeit nur noch zwei Tage waren.

Ob er alles organisiert habe, wie es mit den Rückantworten der Gäste sei, ob der Fotograph für das Hochzeitsfoto Bescheid wisse. Frage über Frage warf die aufgeregte Frau ihm am Telefon an den Kopf und Bahn verneinte immer wieder aufs Neue.

Nichts von alledem, wonach sie ihn fragte, hatte er erledigt; zum einen in dem Glauben, es hätte noch Zeit, zum anderen, weil er es schlicht vergessen hatte.

Gisela diktierte ihm eine lange Liste mit zum Teil banalen Dingen. Warum er jetzt schon ein Taxi für Samstag ordern sollte, das Giselas Urgroßmutter

235

vom Rathaus zur Kirche fahren sollte, leuchtete ihm ebenso wenig ein wie das Bestellen von vier Rollen mit Fünfzig-Pfennig-Stücken.

„Erst wenn du das alles erledigt hast, brauchst du nach Hause zu kommen", drohte Gisela ihrem Freund. „Ich will dich sonst hier nicht mehr sehen."

Seine Anregung, einen Teil der Dinge und Aufträge auf Freitag zu verlagern, wies Gisela brüsk zurück..

„Am Samstag willst du mich heiraten und am Freitag die Vorbereitungen treffen? Du spinnst, mein Lieber! Nicht mit mir", sagte sie und legte heftig auf.

„Typisch Bahn, immer auf den letzten Drücker", lästerte Fräulein Dagmar, die mit wachsendem Interesse und unverhohlener Schadenfreude verfolgt hatte, wie der zerknirschte Bahn seine Notizen machte. „Glaubst du, dass du deinen eigenen Termin überhaupt wahrnehmen kannst oder soll ich nicht besser einen freien Mitarbeiter zu deiner Hochzeit schicken?"

Leise schimpfte Bahn vor sich hin. Zu allem Verdruss fiel ihm ein, dass Gisela die Nacht zum Samstag nicht in seinem Haus an der Kampstraße verbringen wollte. Es gehöre zum guten Brauch, dass sich die Brautleute vor der Hochzeit aus dem Weg gingen, hatte sie ihm zu verstehen gegeben. Damit ließe sich am besten der erste oder letzte voreheliche Streit vermeiden.

Missmutig hatte Bahn Giselas Entschluss akzeptiert.

„Dafür verzichte ich ja auch auf einen Polterabend",

hatte sie gönnerhaft hinzugefügt. „Stattdessen kannst du mit deinen Kumpeln am Freitagabend noch einen Kneipenbummel durch Düren machen." Es werde ja wohl sein letzter sein, hatte sie lächelnd gesagt.

Ob er eine Hochzeitsanzeige in der Zeitung aufgegeben hätte, fragte die Redaktionssekretärin neugierig. Das gehöre sich für einen Tageblatt-Redakteur. Auch daran hatte Bahn nicht gedacht. Als er allerdings in der Anzeigenannahme vorstellig wurde, erklärte man ihm, dass das längst geschehen sei.

Das Erledigen der Aufträge nahm mehr Zeit in Anspruch, als Bahn vermutet hatte. Allein für das Bestellen des Taxis für die Urgroßmutter brauchte er mehrere Anrufe und längere Gespräche. Ehe er sich versah, war der Arbeitstag vorbei; geschlaucht von der ungewohnten Fronarbeit schlich Bahn heimwärts. Nie wieder heiraten!, nahm er sich vor. Dieses eine Mal reichte ihm schon vollkommen.

Gisela begrüßte ihn kurz angebunden: „Alles erledigt?"

Bahn bejahte mit einem schlechten Gewissen, denn einige Kleinigkeiten hatte er zwangsläufig auf Freitag verschieben müssen. So hatte er in keiner Bank die von Gisela gewünschten Geldstücke auftreiben können und war auf den nächsten Morgen vertröstet worden.

Erst im Bett, als er neben der zufrieden schlafenden Gisela lag, erinnerte er sich an seine Absicht, den Bernhardiner zu fragen. ‚Dann muss ich es eben morgen Abend tun', tröstete er sich, denn den Kneipenbummel, den Gisela so frohgelaunt in Aussicht gestellt hatte, den würde er alleine mit Küpper machen.

Waldhausen hatte für den Abend bereits mit Thea eine Verabredung getroffen und musste bedauernd passen.

Ruhig war es am Freitag in der Redaktion. Der Alltag schien sich breit zu machen. In der Drogenszene war eine wohl trügerische Ruhe eingekehrt.

Bahn hatte sich aus der redaktionellen Arbeit ausgeklinkt; er brauchte noch ein Paar schwarze Schuhe passend zum Anzug des Staatsanwaltes, auch war das vorgesehene Hemd nicht mehr tragbar, obendrein fehlte die von Gisela verlangte, ordentliche Krawatte.

Bahn war froh, als er alle Aufträge erledigt hatte. Er staunte beim Blick auf die Uhr, dass es schon gegen Abend ging. In einer knappen Stunde wollte er sich mit Küpper beim Stollenwerk treffen. Er eilte nach Hause, legte sich dort schon vorsichtshalber die Kleidung für den Hochzeitstag zurecht und bestellte ein Taxi, das ihn in die Innenstadt zurückbrachte.

Die Idee, sich an einem Freitagabend beim Stollenwerk zu treffen, war nicht die beste gewesen. Wochenendgemäß war es brechend voll in der Traditionsgaststätte; an ein ruhiges Gespräch, wie es Bahn mit dem Kommissar führen wollte, war nicht zu denken. Auch der Wechsel zum Franziskaner und von dort ins NT brachte nicht die erwünschte Ruhe. Überall kippten die beiden ihre Kölsch und zogen weiter zum nächsten Lokal, bis sie an einem Restaurant ankamen. Durchs Fenster erkannte Bahn, dass gerade ein Tisch für zwei Personen frei wurde. Sie waren zwar nicht in einer Kneipe, in die sie wollten, aber sie waren wenigstens an einem Ort, an dem sie sich ungestört unterhalten konnten, ohne dass die Umgebung jedes Wort mitbekommen konnte. Sie bestellten eine Kleinigkeit zu essen und blieben beim Kölsch, das vornehmlich Bahn gut mundete, während sich Küpper zurückhielt.

Es dauerte lange, bis Bahn endlich zu dem kam, was ihm auf dem Herzen lag. „Warum bist du in der letzten Zeit so reserviert gewesen?", fragte er den Kommissar.

„So?" Küpper sah ihn erstaunt an. „Wie kommst du darauf?" Gelassen nippte er an seinem Bier. Anders als Bahn hatte er es langsam angehen lassen, er war noch nüchtern, während der Journalist leicht angeheitert war. „Du stehst im Stress, mein Freund, Hochzeit und Job, Drogen und Attentate", fuhr der Kommissar fort, „du reagierst gereizt, obwohl nichts

239

ist, interpretierst Verhalten, wo es nichts zu interpretieren gibt. Du hörst gewissermaßen die Flöhe husten, obwohl gar keine Flöhe da sind."

„Nein", entgegnete Bahn beharrlich und schüttete sein Kölsch hastig herunter. „Du hast dich in letzter Zeit merkwürdig verhalten. Das ist unerklärlich für mich. Vor allem", er atmete tief durch, weil ihm der Vorwurf gegenüber Küpper schwer fiel, „vor allem hast du mich belogen." Bahn stierte seinen Freund an. „Und dann gibt es noch eine lange Reihe von anderen Ungereimtheiten, die ich gerne von dir erklärt haben möchte." Er winkte nach der Bedienung und forderte ein frisches Getränk. „Ich vermute, es hat etwas mit dem Todespaar zu tun. Wie heißt es noch?" Bahn fiel es wieder ein „Ach, ja, Rita Wassermann und Rolf Bremer."

„Was soll ich damit zu tun haben?" Küpper hatte interessiert zugehört, war aber konzentriert und ruhig geblieben.

„Ich weiß es nicht, ich habe nur den Verdacht, dass dein Verhalten mit den beiden zusammenhängt." Dankend nahm Bahn das frisch gezapfte Kölsch entgegen. „Ich werde nachhaken, bis sich der Verdacht erledigt oder bestätigt hat. Darauf kannst du dich gefasst machen." Bahn prostete Küpper zu und nahm einen kräftigen Schluck.

Der Bernhardiner sah ihn betrübt an. „Butter bei die Fische, mein Freund", bat er ruhig. „Was wirfst du mir vor? Mich der Lüge zu bezichtigen, ist schon ein starkes Stück."

„Warum sagst du mir denn, du hättest freie Tage, und ich erfahre, dass du auf einer mehrtägigen Dienstreise bist? Ausgerechnet nach Marburg. Dort, wo Wolfgang Wassermann studiert."

Küpper betrachtete den angetrunkenen Journalisten nachdenklich und nickte bedächtig mit dem Kopf. „Weiter", forderte er ihn auf, „was gibt es sonst noch?"

„Warum hast du meinen zukünftigen Vetter Banken nicht darüber informiert, dass die kleinen Fixer dir die Bude einrennen oder eingerannt haben? Das hätte ihm die Arbeit erleichtern können."

Wieder nickte der Kommissar bedächtig.

„Warum hast du mich nach einem Abschiedsbrief von Rita und Rolf gefragt", machte Bahn weiter und er fuhr fort, ohne auf Küppers Antwort zu warten. „Weißt du, was ich glaube? Ich glaube, es gibt tatsächlich einen Abschiedsbrief und du weißt davon." Das leichte Zucken in Küppers Augenwinkeln bemerkte Bahn zwar, aber er konnte es nicht als Bestätigung seiner Vermutung verstehen.

„Warum lässt sich Rolf Wassermann von mir ein Fax in ein medizinisches Institut der Marburger Universität schicken, wo er doch angeblich Germanistik studiert?" Bahn verzog sein Gesicht zu einem schiefen Lächeln. „Wahrscheinlich bist du deshalb auch nach Marburg gefahren, um das zu klären."

Urplötzlich überfiel Bahn eine große Müdigkeit, er hatte sich erleichtert gefühlt, nachdem er seine Fragen losgeworden war, und jetzt war er nur noch müde. „Ich will ins Bett", sagte er, „du kannst mir morgen deine Antworten geben." Schwankend erhob er sich. „Du kommst mich doch abholen zu meiner Hochzeit?"

Der Bernhardiner schmunzelte. „Keine Panik, immerhin bin ich der Trauzeuge. Wenn ich ohne Bräutigam im Standesamt ankomme, kratzt mir die Braut die Augen aus." Er orderte ein Taxi, bezahlte die Rechnung und hakte Bahn unter, der torkelnd zum Ausgang strebte

An der Straße warteten sie fröstelnd und stumm auf das Taxi, in das Küpper mit Hilfe des Fahrers den betrunkenen Bahn hievte.

Er werde Bahn sicher in der Wohnung abliefern, versicherte der resolute Mann, der den Journalisten offensichtlich kannte.

Der Bernhardiner sah dem Taxi nach, das endlich hinter einer Kurve verschwand. Er drehte sich um und machte sich auf den Heimweg.

„Verfluchter Mist", murmelte er vor sich hin. „Ich hätte es mir denken müssen."

Gegen acht Uhr am Samstag klingelte Küpper Bahn aus dem Bett. Wie der Kommissar erwartet hatte, war der Journalist verkatert.

„Ich habe Brötchen mitgebracht und Rollmöpse", sagte er vergnügt und scheuchte Bahn unter die Dusche, derweil er in der Küche das Frühstück vorbereitete. „Du brauchst zwei Stunden, bis du einigermaßen zurechnungsfähig bist", hatte Küpper gelästert, „da kann ich nicht erst kurz vor elf hier auftauchen."

Bahn war froh, dass er noch Zeit hatte. Zwar spürte er eine Nervosität in sich aufsteigen, doch brauchte er sich dadurch nicht zur Eile treiben lassen. ‚Lass' es langsam angehen, alter Knabe', sagte er sich und stellte den Wassermischer auf kalt, um den Kater zu bekämpfen.

Bahn und Küpper mussten unweigerlich lachen, als sie sich am Küchentisch niederließen. „Wir sehen gut aus in unseren Sonntagsanzügen", höhnte Bahn, der sorgsam darauf achtete, dass ihm der Schlips nicht in die Kaffeetasse fiel.

Schweigend aßen sie. Dann zog der Kommissar ein Blatt aus seiner Jackentasche. „Lies!", forderte er Bahn auf, der interessiert nach dem Blatt griff.

„Ich kann nicht ohne Rolf leben", las Bahn laut vor. „Wenn er gehen will, dann gehe ich mit ihm", stand in Maschinenschrift geschrieben. „Im Tod kann uns niemand trennen." Erstaunt schaute Bahn den Kommissar an. „Was ist das? Ist das etwa der Abschiedsbrief von Rita?"

243

„Das ist der Brief, den wir bekommen haben", antwortete Küpper betont langsam, wodurch er Bahn hellhörig werden ließ.

„Was heißt das, den wir bekommen haben?"

„Wolfgang Wassermann hat den Brief im Zimmer seiner Schwester gefunden, damals, als er mit dir in der Wohnung war", erklärte der Kommissar. „Weißt du noch?"

Jetzt fiel es Bahn ein. Er hatte im Flur gewartet, als der Student durch die einzelnen Räume gelaufen war. Dabei musste er den Zettel aufgenommen und eingesteckt haben, ohne dass er es mitbekommen hatte. Oder er hatte ihn gefunden, nachdem Bahn gefahren war.

„Woher hast du diesen Zettel?" Bahn konnte sich die Antwort denken.

„Von Wassermann natürlich", antwortete Küpper erwartungsgemäß. „Nachdem du ihm eine Kopie des Drohbriefes zugefaxt hattest, hat er mir den Brief geschickt." Küpper biss ins Brötchen und kaute bedächtig. „Um es kurz zu machen", sagte er endlich fast beiläufig, „der Drohbrief und der Abschiedsbrief sind auf einer Schreibmaschine geschrieben worden. Auf der Schreibmaschine, die wir bei dem Riesen beschlagnahmt haben."

Bahn stockte der Atem. „Heißt das etwa, dass der Abschiedsbrief fingiert ist oder aber zumindest in der Wohnung des Riesen geschrieben wurde?"

Küpper nickte. „So ist es. Und das bedeutet, dass der angebliche Selbstmord von Rita und Rolf vielleicht gar kein Selbstmord war." Er nahm einen Schluck Kaffee. „Ich mache es schnell. Ich vermute inzwischen, dass es sich um einen Doppelmord handelt."

Bahn konnte es nicht verstehen. „Wieso denn das?"

„Wassermann hat mir die Vorgeschichte erzählt. Seine Schwester hatte Bremer zum Entzug überreden können und mit ihm den Entzug durchgestanden. Das hat aber seinen ehemaligen Dealern nicht gefallen, sie haben ihn übertölpelt und wieder an die Nadel gebracht. Eine maßgebliche Rolle spielte dabei ein Studienkollege aus Aachen. Er hat Bremer ein Aufputschmittel in den Kaffee gekippt und ihm anschließend das Heroin injiziert."

Bahn wollte fragend dazwischen gehen, doch bremste der Kommissar ihn mit einer schnellen Handbewegung.

„Jedenfalls war der Rückfall und damit die erneute Drogensucht von Bremer da. Rita konnte ihm nicht mehr helfen, immer mehr verfiel er dem Heroin. Doch sie fand sich nicht tatenlos mit der Situation ab. Sie begleitete ihren Freund, beobachtete seine Bekanntschaften und bekam heraus, wer ihn mit dem Stoff belieferte. Dann beging sie einen fatalen, tödlichen Fehler. Sie wollte persönlich die kleinen, süchtigen Dealer zur Rechenschaft ziehen und drohte ihnen mit der Polizei, statt sofort zur Polizei zu gehen." Der Bernhardiner schüttelte betrübt seinen Kopf. „Der Riese wurde natürlich davon informiert und brachte seine dealenden Kunden dazu, Rita und Rolf zu eliminieren. Man fuhr nachts nach Echtz, pumpte die beiden unter Gewalt mit zu viel Heroin voll, hinterließ den vermeintlichen Abschiedsbrief und etwas Stoff in der Wohnung und baumelte das Paar an der Rurbrücke auf."

„Woher weißt du das alles?" Bahn war erschrocken und fasziniert zugleich.

„Von Wolfgang Wassermann", antwortete der Kommissar. „Seine Schwester hatte ihn schon früh in das Schicksal von Bremer eingeweiht und ihm auch die vier Namen der Dealer und Fixer genannt, die die Kontaktpersonen für Bremer waren. Wassermann hat sich an den Wochenenden an sie herangemacht, sie ausgefragt und anschließend mittels Heroin liquidiert. Das Zeug hat er in der Wohnung gefunden. Er hat bewusst hohe Dosen verabreicht oder das Zeug absichtlich verschmutzt. Das Injizieren war für ihn auch kein Problem, schließlich studiert er Medizin in Marburg. Er hat in Düren immer nur vom Germanistik-Studium gesprochen, um abzulenken."

„Diese falsche Angabe musste doch irgendwann auffallen", wandte Bahn ein, „damit musste er doch rechnen."

„Ich habe ihn selbstverständlich danach gefragt", bestätigte Küpper. „Seine Eltern wollten nicht, dass er Medizin studiert, Wassermann sollte wie sein Vater Studienrat für Deutsch und Geschichte werden. Nach dem Tod der Eltern hat er den Anschein weiter aufrechterhalten."

„Alle vier hat er aus dem Weg geräumt?", fragte Bahn verblüfft. „Das ist doch auch Mord."

Küpper ging über den Einwand hinweg. „Durch den Tod seiner kleinen Verteiler wurde der Riese jedenfalls nervös, wobei du seine Unruhe durch den Besuch bei ihm und bei Paule in Arnoldsweiler noch gesteigert hast. Der Riese ging allerdings davon aus, dass die Konkurrenz seine Leute auf dem Gewissen hatte und schwor Rache. Er räumte Paule mit einer Überdosis aus dem Weg und ließ Ali Esmett abstechen. Damit läutete er einen Bandenkrieg ein."

„Den es eigentlich gar nicht geben brauchte", redete Bahn schnell dazwischen. „Wassermann hat unbeabsichtigt durch seine Morde an den Fixern die Drogengangs gegeneinander aufgewiegelt. Wahnsinn", stöhnte er. „Das war wohl ein tödlicher Irrtum."

„So ist es", bestätigte Küpper. „Wassermann hat die Ursache dafür gesetzt, dass sich die Dealer in Düren gegenseitig an die Wäsche gehen. Es war in der Tat ein verdammt tödlicher Irrtum." Mit einem Blick auf die Küchenuhr erhob er sich. „Wir müssen zum Standesamt, mein Freund. Deine Freiheit ist bald vorbei."

Beinahe mechanisch trottete Bahn neben dem Kommissar her zum weißen Opel und ließ sich in den Beifahrersitz fallen.

„Willst du denn nicht einschreiten?", fragte er seinen väterlichen Freund, der ihm unheimlich vorkam. „Willst du nicht Wassermann verhaften und Banken informieren. Das ist doch ein klarer Fall von Selbstjustiz."

„Warum sollte ich?", fragte der Bernhardiner gelassen zurück, während er losfuhr. „Die Schweine haben es nicht anders verdient. Wenn Banken einschreitet, ist bald wieder alles im Lot und geht das schmutzige Geschäft unbehelligt weiter." Für einen kurzen Moment verzog sich sein Gesicht zu einer hasserfüllten Grimasse. „Sollen die sich doch gegenseitig in Jenseits befördern. Ich bin froh um jeden Dealer, der tot ist."

„Und dafür lässt du einen Mörder laufen?" Bahn war verunsichert.

„Wenn du Wassermann als Mörder bezeichnest, dann ja", erklärte der Bernhardiner ruhig. „Aber er wird ohnehin nicht mehr lange zu leben haben. Der hat sich in Afrika mit dem Aids-Virus infiziert. Er hat mir erzählt, dass er das Haus in Echtz verkaufen und mit dem Erlös die medizinische Versorgung in Kenia unterstützen will. Er fliegt bald dahin und wird wohl nicht mehr nach Deutschland zurückkommen."

Der Kommissar schaute kurz in den Rückspiegel und konzentrierte sich wieder auf die Straße. Er wiederholte sich. „Wenn du Wassermann als Mörder bezeichnest, Helmut, dann ja. Dann lasse ich ihn tatsächlich laufen."

Sie mussten an einer Kreuzung vor einer Ampel anhalten, links ging es zur Polizeiinspektion, geradeaus in die Stadt.

„Wohin soll ich uns fahren, mein Freund?", fragte der Bernhardiner.

Bahn verstand nicht und sah Küpper fragend an.

„Wenn du willst, fahre ich zu uns ins Büro und du kannst die Sache anzeigen", erklärte der Kommissar. „Anderenfalls fahre ich dich zum Standesamt zu deiner Braut."

Bahn stöhnte auf und lehnte sich müde in den Sitz zurück. „Zu Gisela will ich, sonst nichts." Er lächelte Küpper verlegen an. „Wie heißt das bei der Trauung? Wer etwas zu sagen hat, der sage es jetzt oder er schweige für alle Zeit!"

Kurt Lehmkuhl, 1952 in der Nähe von Aachen geboren, war nach seinem Jurastudium in Bonn jahrzehntelang Redakteur im Zeitungsverlag Aachen. Er ist als Journalist, Schriftsteller und Dozent für Kreatives Schreiben tätig. Neben zahlreichen Romanen hat er auch etliche Kurzgeschichten veröffentlicht und zeichnet als Herausgeber für fünf Anthologien und ein Hörbuch verantwortlich. Seine aktuellen Romane erscheinen im Gmeiner-Verlag.

Die Kriminalromane von Kurt Lehmkuhl im Gmeiner-Verlag:

Raffgier, 2008, 3. Auflage 2013, ISBN 978-3-89977-751-2.

Nürburghölle, 2009, 2. Auflage 2014, ISBN 978-3-89977-1017-8.

Dreiländermord, 2010, 5. Auflage 2019, ISBN 978-3-8392-1095-6.

Kardinalspoker, 2012, ISBN 978-3-8392-1223-5.

Printenprinz, 2013, 3. Auflage 2020, ISBN 978-3-8392-1432-9.

Fundsachen 2015, ISBN 978-3-8392-1677-4.

Kohlegier, 2016, 3. Auflage 2020, ISBN 978-3-8392-1825-9.

Weißgott, 2017, ISBN 978-3-8392-2139-6.

Marionettenspiel, 1. und 2. Auflage 2018, ISBN 978-3-8392-2231-7.

Öcher Bend-Blues, 2020, ISBN 978-3-8392-2586-8.

Ebenso erscheint im Gmeiner-Verlag:

Mörderisches Aachen, Krimineller Freizeitführer, 2017, ISBN 978-3-8392-2138-9.

Als E-Books bietet der Gmeiner-Verlag folgende Romane an:

Raffgier, ISBN 978-3-89977-751-2.

Nürburghölle, ISBN 978-3-89977-1017-8.
Dreiländermord, ISBN 978-3-8392-1095-6.
Kardinalspoker, ISBN 978-3-8392-1223-5.
Begraben in Garzweiler II, ISBN 978-3-7349-9222-3.
Printenprinz, ISBN 978-3-8392-1432-9.
Tore, Tote, Tivoli, ISBN 978-3-7349-9240-7.
Fundsachen, ISBN 978-3-8392-1677-4.
Mörderische Kaiser-Route, ISBN 978-3-7349-9376-3.*
Ein Sarg für Lennet Kann, ISBN 978-3-7349-9358-9.*
Blut klebt am Karlspreis, ISBN 978-3-7349-9346-6.*
Kohlegier, ISBN 978-3-8392-1825-9.
Tödliche Recherche, ISBN 978-3-7349-9394-7.
Tödliche Annakirmes, ISBN 978-3-7349-9396-1.
Spritzen für die Ewigkeit, ISBN 978-3-7349-9231-5.
Vertrauen bis in den Tod, ISBN 978-3-7349-9233-9.
Die Aachen-Mallorca-Connection, ISBN 978-3-7349-9239-1.*
Aachener Grenzgänger, ISBN 978-3-7349-9430-2.*
Ein CHIO ohne Rasputin, ISBN 978-3-7349-9434-0.*
Mallorquinische Träume, ISBN 978-3-7349-9442-5.*
Tödliches Roulette, ISBN 978-3-7349-9440-1.*
Kofferjäger, ISBN 978-3-7349-9446-3.
Mörderisches Aachen, ISBN 978-3839221389.
Weißgott, ISBN 978-3839221396.
Marionettenspiel, ISBN 978-3-8392-2231-7.

Öcher Bend-Blues, 2020, ISBN 978-3-8392-2586-8.

(* = als Druckausgabe nicht mehr erhältlich)

Als Originalausgabe:

Garudas Grüße, 2019, ISBN 978-3-7481-9123-0, auch als E-Book erhältlich.

Neuauflagen von Kriminalroman:

Begraben in Garzweiler II, 2018, ISBN 978-3-7528-2469-8 (Hardcover) und 978-3-7494-4609-4 (Paperback).
Kofferjäger, 2018, ISBN 978-3-7528-9746-3.
Tödliche Recherche, 2020, ISBN 978-3-7504-0691-9.
Tödliche Annakirmes, 2020, ISBN 978-3-7519-0656-2.
Tödliches Vertrauen, 2020, ISBN 978-3-7519-0791-0.
Tödliche Spritzen, 2020, ISBN 978-3-7519-6926-0.

Nach den Reisen sind bisher als Buch und E-Book erschienen:

Meine Welt: Mein Vietnam, Reiseerzählungen, 2015, ISBN 978-373-865-241-3.
Meine Welt: Mein Kirgistan, Reiseerzählungen, 2016, ISBN 978-373-864-208-7.
Meine Welt: Mein Kuba, Reiseerzählungen, 2016, ISBN 978-373-865-241-3.
Meine Welt: Mein Costa Rica, Reiseerzählungen, 2019, 978-3-7504-1399-3.

Des Weiteren sind erhältlich die Anthologien:

Tödlicher Selfkant (als Herausgeber und Autor), 3. Auflage 2013, ISBN 978-3-981-29262-6.
Kunterbunter Selfkant (als Herausgeber und Autor), 2017, ISBN 978-3-981-29266-4.
Nachbarn unter sich/Buren oder elkaar (gemeinsam mit Helmut Wichlatz als Herausgeber und Autor), 2013, ISBN 978-3-981-29263-3.
Mittsommernachtstexte (gemeinsam mit Helmut Wichlatz als Herausgeber und Autor), 2015 ISBN 978-3-7386-5012-9.

Als Hörbuch liegt vor:

Das Beste aus dem Selfkant (gemeinsam mit René Wagner als Herausgeber und Autor), 2015, ISBN 978-3-981-29265-6.

Eine Geschichtensammlung trägt den Titel:

Der Manöverschaden und andere unglaubliche Ka-
tastrophen, 2018, ISBN 978-3-932483-71-4. Als E-
Book erhältlich unter ISBN 978-3-7528-9722-7.